나는 계속 이 공간을 유지할
운명이었나 봐요

나는 계속
이 공간을 유지할
운명이었나 봐요

지베르니

나는 기어코
또 희망을 발견해 버리고야 말았다

    2018년 겨울, 경남 진주 문산읍에 8평짜리 자그마한 카페 겸 서점 '보틀북스'를 열었다. 가게의 이름은 병(bottle)과 책(books)을 결합해서 만들었는데, 병에 담긴 음료와 책을 파는 공간이라는 단순한 의미였다. 무엇보다도 유명한 커피 체인점 '블루보틀(bluebottle)'과 어감이 비슷한 점도 노렸는데, 실제 블루보틀인지 알고 걸음 하는 손님들도 있었다. 처음에는 책보다는 커피를 주력으로 판매했다. 몇백만 원을 주고 배워 온 레시피, 그동안 혼자 홈카페를 즐기며 성숙시켜 온 비법들을 총동원한 메뉴들은 꽤 괜찮아 보였다. 하지만 나는 '상권의 법칙'을 그만 잊어버리고 말았다. '맛있으면 다 찾아오게 되어있다'라는 말이 나에게도 틀림없이 적용될 거라고, 내 메뉴가 그만큼 특별할 것이라고 자만한 것이다. 카페 바로 앞은 경운기가 털털거리며 지나가고, 60대 어르신이 막내라고 불리는 초고령화된 마을에다, 7시 이후로 불 켜진 상가가 드물었던 이 동네에서의 결과는 이미 눈에 선하게 보였을지도 모르겠다.

　오지 않는 손님을 무작정 기다리며, 의미 없이 휴대전화를 스크롤링하는 행동은 일상을 조금씩 좀먹고 들어갔다. 그래서 책으로 도피했다. 오지 않을 누군가를 하염없이 기다리고 있는 그 순간이 싫어서, 비생산적인 내가 미워서, 좀처럼 째깍거리지 않는 나만의 시계가 답답해서, 이 순간을 만들어 낸 과거의 선택이 너무나도 한스러워서 '책'을 택했다. 그러다 책을 읽고 있는 나를 본 한 손님의 권유로 독서 모임을 시작했고, 내 시계는 소리를 내기 시작했다. 독서 모임 전까지 책을 읽어야 한다는 압박감은 일상을 쫄깃하게 만들어 주었다. '자기 계발' '투자' '시험' 등 미래지향적인 단어들을 모두 내려놓고, 충실하게 현재를 즐길 수 있는 순간이었다. 함께라서 외롭지도 않았다. 책이 주는 위안을, 이 공간에도 공유하기로 결심했다.

이제 이곳은 카페이기보다 서점이 됐다. 그동안 독서 모임 멤버는 무려 200여 명으로 늘었고, 독서 모임의 종류도 과학, 사회, 역사, 철학, 경제 등으로 다채로워졌다. 그런데도 현실을 살아간다는 건 녹록한 일이 아니다. 적자생존, 파이싸움, 제로섬게임, 생존과 도태…. 그 많은 단어는 사정없이 나를 뒤흔들어 놓는다.

치솟는 장바구니 물가에 책은 필수가 아니라 선택이고, 거리마다 나부끼는 임대 포스터는 모두의 마음에 불안감만 불어넣는다. 다달이 때맞춰 내지 못하는 공과금에는 늘 자잘한 연체금이 붙어있었고, 반품하지 못하고 쌓여있는 책들은 내 마음에 무게와 부피를 더해갔다. 얼굴만 봐도 마냥 좋았던 손님의 지갑이 굳게 닫힌 날, 찌푸린 내 인상을 깨달았을 때 나는 마음의 가난으로까지 이어지는 이 현실이 버거웠다. 그러나 그 질척거리는 절망 속에서도 나는 기어코 또 희망을 발견해 버리고야 말았다. 기어코 그 속에서 내 운명을 찾아내고야 말았다.

모든 것을 내려놓고 포기하면 쉬운 길을 나는 왜 기어코 꾸역꾸역 계속 가는 것일까. 그 꾸역이, 그 모자라 보이는 우직함이 '희망'을 바라볼 수 있게 하고, 그 속에서 새로운 '운명'을 찾아내게 하며, '길'을 개척한다고 믿는다. 이 책은 나의 그런 '꾸역의 여정'이다. 바보 같은 우직함이 만들어 가는 하루는 과연 어떨까? 나와 같이 '꾸역의 여정'이 있는 이들에게, '꾸역의 길'은 꽤 괜찮은 길이라고, 우직함이 나쁘지만은 않다고 말해주고만 싶다.

차 례

당신의 이름이 새겨진 도서관

2 **2부**

지금 사랑을 담는 중입니다

3

3부

지옥에서 온 커피

4부

인생 대환장 파티,
본 적 있나요?

5

5부

1부

나는 계속
이 공간을 유지할
운명이었나 봐요

나는 계속 이 공간을 유지할
운명이었나 봐요

　직장생활이 뭐 같아서 퇴사했고, 퇴사 후 낭만을 찾아서 카페를 오픈했다. 하지만 '현실'이라는 놈은 내 생각은 쥐꼬리만큼도 해주지 않았다. 개업한 지 고작 3개월이 지났을 무렵, 남은 임대계약 기간을 계산하기 시작했다. 퇴로가 없는 것처럼 느껴졌다. 직장도 없고, 퇴직금도 몽땅 써버린 나는 한계까지 몰렸다. 생존을 위해 카페를 잡화상점으로 만들기 시작했다. 인테리어 소품도 가져와서 팔고, 책도 가져다 팔면서 이놈의 카페 먹살을 움켜잡으며 끝끝내 버텼다. 그리고 2년의 시간이 지나 재계약을 했다. 무려 재계약을!

　뭐 그만큼 먹고살 만했나? 그건 아니었다. 그저 '그달의 월세를 낼 수 있을까, 없을까, 간신히 냈나?' 할 정도로 버텨냈다. 거기에는 코로나19로 인해 폐업 위기에 있는 소상공인에게 지원한 지원금의 힘이 가장 컸다. 이 돈으로 월세며 전기세며 관리비며 내니까 꼴깍 숨넘어가기 직전까지 버틸만했다. 그렇다고 버티는 시간이 무척 괴롭다거나 고된 것만은 아니었다. 손님들과 찐친 못지않은 우정을 다지기도 했고, 마음 맞는 손님들과 맥주도 마시고 책도 읽으며 나름 재밌고 행복했다. 나도 그 과정을 통해 '카페'라는 공간이 단순히 차를 사고파는 공간이 아님을, 같이 추억을 만들어나갈 수 있는 공간임을 깨닫고, 또 배웠다.

　'공간' 하니까 생각났는데, 솔직히 고백하자면 내가 운영하는 이 '공간'을 무어라고 부를지 아직 결정 내리지 못했다. 카페일까? 서점일까? 공방일까? 문화공간일까? 뭘까? 온통 애매하기만 한 나라서 이 공간도 애매하기만 했다. 카페 같기도 하고, 서점 같기도 하고, 공방 같기도 하고 뭐 그런 거. 하지만 애매하기 때문에 모든 걸 아우를 수 있고, 애매하기 때문에 모든 걸 포용할 수 있지 않을까. 애매한 것도 특징이 되고, 장점이 되고, 강점이 될 수 있지 않을까. 카페 같아서 좋아하는 손님, 서점 같아서 좋아하는 손님, 공방 같아서 좋아하는 손님, 문화공간 같아서 좋아하는 손님을 다 우리 '애매한 공간'에 초대할 수 있으니 말이다! 애매함의 힘이란 이토록 놀라운 것이다.

그런데 이상한 일이다. 나는 굉장히 심란한 상태다. 이 공간을 좋아해 주는 손님도 분명히 있고, 나 자신도 자부심을 느끼고 만족스럽게 일을 하고 있다. 하지만 무척이나 속상하다. 손님이 방문하는 것만큼 수익은 나지 않는다. 일은 일대로 하고 있지만, 내게 돌아오는 이익은 없다. 손님과 이야기하는 건 재밌지만 또 감정을 소모하는 일이다. 나는 이 공간을 계속 유지해야 할까? 5년의 시간 동안 나는 뭘 얻었을까? 예금과 적금은 없지만, 행복과 보람을 얻었다. 하는 일은 즐겁다. 손님들과의 일상들도 참 행복하다. 하지만 이 행복이 돈을 가져다주진 않았다. 행복과 보람만으로 해결되지 않는 현실적인 문제는 어떻게 극복해야 할까? 엄청난 괴리감이 나를 휩쓴다. 행복하지만 고뇌스러운, 이상스러운 감정에 도통 잠이 오지 않는 하루다.

고뇌에 대한 해답은 되려 손님이 주었다. 손님들과 책맥 모임을 만들어서 벌써 2년째 하고 있는데, 나는 그날따라 고작 캔맥주에 취했다. 아니, 힘든 내 감정에 취했을까? 모르겠다. 나는 그저 온통 무거운 내 마음의 짐을 울부짖듯 토로했다. 그런데 손님이 딱 이렇게 말하는 거다.

"본인은 이 모든 걸 놓고 포기하고 싶구나. 그런데 지금 이 순간, 이거 하나가 딱 좋아서 못 놓는 거구나. 손님들이 진상이거나 조금이라도 악독하고 못됐으면 놓았을 건데. 이놈의

모임에 진상이 한 명이라도 등장했으면 그 얄팍한 끈을 놓을 수 있었는데, 그게 아니라 도저히 못 놓는구나."

아! 내가 왜 힘든 감정싸움을 하면서까지 이 공간을 버텨내고 있었는지에 대한 해답을 얻었다. 현실적인 문제는 엄청난 위압감을 자랑하며 나를 짓눌렀다. 나의 즐거움, 행복, 보람 그 모든 긍정적 감정을 압도할 만큼 나를 힘들게 했다. 하지만 나는 분명히 행복하기 때문에, 지금 손님들과의 이 시간과 순간이 너무 행복하기에 포기하지 못하고 있는 거였다. 그 순간 나는 직감했다. 나는 이 공간을 계속 유지할 수밖에 없던 운명이었구나. 나는 힘들어하면서도 이 길을 계속 걷겠구나.

사장님은
어디 사람이에요?

손님들에게 생각보다, 정말 놀랄 정도로, 의외로 자주 듣는 질문이 있다.

"사장님은 어디 사람이에요?"

그건 사실 나의 애매함 때문이기도 하다. 나의 말투는 경상도, 서울 언저리, 때론 전라도 등 전국 팔도 방언이 복합적으로 섞여 나왔기 때문이다. 군인이신 아버지의 직업을 따라 전남 광주에서 태어나 경북 예천과 경남 진주를 떠돌았다. 아빠는 광주로 발령받았다가 곧 진주로 발령받았고, 예천으로 발령

받았다가 다시 진주로 재발령받기를 반복하는 바람에 내 지역 정체성은 더욱 모호해졌다. 웃긴 건 초등학교 졸업사진 찍을 때, 중학교 졸업사진 찍을 때마다 진주로 이사 오는 바람에 동기들이 나를 이상하게 생각했다. 학창 시절 내내 없다가 졸업할 때 전학해 온, 그것도 졸업사진 찍을 때만 전학 온 아주 요상한 아이로.

이제 와서 생각해 보니, 서울 말씨를 쓰게 된 계기는 학력에 대한 열등감 때문이었던 듯하다. 학창 시절을 떠올려 보면 난 공부를 빼어나게 잘한 건 아니었고, 그렇다고 못한 것도 아니었다. 나름 성적이 좋아 이화여대, 서강대 등에 면접하러 가곤 했다. 하지만 지방에 살았던 내게 면접은 정말이지 낯선 절차였다. 면접 공부를 단 한 번도 한 적이 없었다. 입시 공부도, 입시설명회도 들어본 적 없다. 부모님도 '네가 알아서 잘하겠지'라고 생각했기 때문에, 면접장에는 몇 명의 심사위원이 있는지, 어떤 질문들이 오고 갈지 아무런 생각도 하지 못했다. 그러니 면접 결과는 물미역처럼 미끄덩거릴 수밖에. 돌이켜보면 서울에서의 면접은 참 서글펐다. 온 가족이 오로지 나를 응원하기 위해 서울행을 함께했고, 왕복 고속버스비용으로만 40만 원을 넘게 썼다. 하지만 면접장에서의 시간은 5~10분 남짓으로, 제대로 답변한 질문은 단 하나도 없었다. 그게 참 눈물 나고, 또 억울했다. 그래서일까 아직도 응어리 같은 게 남아있는 듯하다.

가지 못한 길에 대한 미련일까? 그때의 나에 대한 속상함일까? 입사 동기들의 학력이 유명 대학인 탓에 나도 모르게 움츠러들었다. 학력이 주는 권위에 짓눌리지 않으려 부단히 애썼지만, 이미 사내에서 형성된 학력 라인 때문에 나의 노력은 정말 보잘것없었다. 그런데도 나는 몸부림쳤다. 학력 따위는 중요하지 않다고, 노력과 열정으로 보여주겠다고, 업무 성과로 보여주겠다고 다짐했다. 그렇게 번아웃이 될 정도로 열심히 일하고 나니 내 말투도 시간이 지나자 점차 서울스러워졌다.

지금, 내 말투는 경상도+전라도+서울 말씨를 섞어놓은, 그래서 어디 지역 사람인지 헷갈리게 할 정도의 애매한 색을 띠게 되었다. 그리고 점차 내 안의 모순을 느꼈다. 나는 어디 사람인가? 그게 중요하지 않다고 생각하다가도, 그게 또 중요해졌다. 손님들이 그만큼 자주 물으니까, 그게 첫 만남에서 자주 나오는 질문이니까, 그만큼 일상화된 질문이니까. 고민하지 않을 수 없었다. 서울 사람처럼 보이고 싶기도 했다가, 진주 사람처럼 보이고 싶기도 했다가, 내가 태어난 전라도 광주 사람의 자부심을 느끼기도 했다가, 온통 뒤죽박죽이었다. 이런 내 이중적 모습에 스스로를 비난해 보고, 또 비판해 보기도 했다. 하지만 끝끝내 나의 지역 정체성을 찾지 못했다. 그저 진주에 조금 더 오래 살았으니 '진주 사람으로 할까?' 하는 정도의 결론을 내릴 뿐.

다시 생각해 보게 된다. 순간순간마다 분명히 자각하고 있

다. 학력, 지역 같은 것들이 주는 권위가 무언가 석연치 않다고. 그런 것으로 나를 단정하고, 정의 내릴 수 없다고. 하지만 사회적 분위기 속에 나도 모르게 고개를 끄덕이고 수긍하고 따르고 있었다는 사실을 느꼈다. 저항하려 하지만, 무언가 이상하다고 느끼지만, 또 따를 뿐이었다.

　그런데 어느 순간 재밌는 점을 발견했다. 내 말투를 들은 손님마다 본인의 가까운 지역의 말투로 듣곤 한다는 거다. 전라도에 거주한 경험이 있는 손님은 "어? 전라도에서 오셨어요?"라고 바로 알아듣고, 경상도 사람들은 "억양이 경상도이데?"라고 알아듣는다. 혹은 "경기도? 서울 사람이에요?"라고 묻기도 한다. 내 말투는 여러 손님의 지역력을 포섭할 수 있는 큰 힘을 가지고 있다고 볼 수 있겠다(후훗). 그래, 이제 보니 알겠다. 그런 게 뭣이 중헌가. 현재의 나를 만들어준 건 그때의 그곳에 살았던 내가 하나둘 모인 건데. 전라도에서 태어났고, 경상도에서 자랐고, 서울에서 사회생활을 했던 그런 '내'가 모이고 모여 애매함 그 자체인 '나'를 만들어 낸 건데. 현재의 나를 만들어 준 그 좋은 시간을 구분하고, 나누고, 하나를 정하는 건 억울한 일이다. 하나로 정할 필요 없잖아? 모두가 나인데.

위로가 필요할 때
내가 하는 행동

직장인 시절 행사나 공모전 개최하는 일도 업무 중 하나였는데, 무엇보다도 중요한 건 정량적 수치였다. 사람들이 몇 명이나 참여했고, 참여 만족도가 몇 프로며, 공모전에 응모한 작품은 몇 건이나 되는지 이런 '숫자'가 업무성과가 되었다. 어이없는 건 퇴사한 지 몇 년이 지난 지금까지, 이런 정량적 수치를 엄청나게 따지고 있다. 인스타그램, 네이버 블로그 등등 손님들이 남기는 리뷰가 몇 개나 됐는지 하나하나 체크했다. 그뿐만 아니라 손님들을 대상으로 설문조사도 해서 도표로 보고서까지 만들었다. 아, 물론 이 보고서의 상신인과 결재자는 나다. 작업이 피곤하긴 해도 내가 운영하는 카페&서점에 대해 개선점도 찾고, 운영에 대한 현 상황을 되돌아볼 수 있어서 나름 장점이 큰 것 같다.

오늘도 어김없이 손님들이 남긴 리뷰를 체크해 보고 있었다. 그런데 인스타그램에 장문의 방문 후기가 올라왔다. 짧게 요약하자면 '서점이라고 부르는 데 동의하기 어렵고, 큐레이션도 되어있지 않은 공간, 그렇다고 음료가 주요 수익도 아닌 것 같은 특색 없는 공간'이라는 거다. 한동안 멍하니 움직일 수 없었다. 나름 나는 이 공간을 서점이자 카페로 정의 내렸고, 그러한 목적과 취지에 따라 운영하고 있다고 생각했는데 존재 자체를 부정당한 느낌이었다. '특색 있지 않다'는 말도 왜 이렇게 가슴을 아프게 하는지.

리뷰를 보고, 또 보고, 또 보고, 또 보았다. 맥주 한잔하며, 그다음 날 소주 한잔하며 보기도 했다. 리뷰를 보고, 내 공간을 돌아보고, 리뷰를 보고, 내 공간을 돌아보니 이제 알겠더라. 손님은 나를 걱정해서 한 말이구나. 내가 봐도 이곳은 영 엉망진창이었다. 책은 두서없이 진열되어 있었고, 주력 판매대가 뭔지조차 알 수 없었다. 카페라고 하자니 좌석이 애매했다. 서점이라고 치자니 진열된 책의 장서가 얄팍했다. 그랬다. 공간을 찾아올 만한 '매력'이 없었다.

나는 공간을 조금 바꿔보기로 했다. 구조도 조금 바꿔보고,

책 진열도 조금 바꿔보고 음료 메뉴판도 바꿔보았다. 때마침 당근 마켓에서 꽤 괜찮은 테이블과 의자도 저렴하게 팔길래 가진 돈을 탈탈 털어 구입했다. 그러고 나서 공간을 되돌아보았다. 예전보다 조금 나아진 것 같다. 아니 꽤 괜찮아졌나? 아니, 아니었다. 다 아니었다. 궁극적으로 변한 건 아무것도 없었다. 카페인지, 서점인지, 공방인지, 이 공간 자체가 정의 내리기 애매할 정도로 모호함 투성이었다. 내가 애매하기만 해서, 공간도 애매한가 보다. '정말 특색이 없구나.' 그 사실이 오늘따라 정말 슬프게 다가온다.

며칠간의 고뇌 끝에 나는 이렇게 결론을 내리고 SNS에 올렸다.

"저는 이 공간이 카페인지, 서점인지, 공방인지 무언가 애매모호하더라고요. … 애매함 투성이 사이에서 무언가 매력을 발견할 수 있을까요? 몇 날 며칠을 고민해 봐도 혼자서 그 매력을 만들어 나가기란 참 버거운 것 같습니다. 괜찮다면, 우리 함께 그 매력을 만들어 나가보지 않을래요?"

그래, 어떤 공간인지 혼자서 결정 내리기 어렵다면, 지금까지 이 공간을 방문해준 수많은 손님과 친구들과 함께 고민해 보자! 그런데 올린 내 글을 보고 리뷰를 남긴 그때 그 손님이 메시지를 보낸 게 아닌가! 헉! 조금 긴장을 하고 메시지를 조심스럽게 클릭했다. 이번에도 꽤 긴 메시지였는데, 말하고자 하는 바는 '본인이 올린 글에 상처받지 말았으면 좋겠다'는 거

였다. 손님이 참 마음이 여리구나. 공간을 방문하고 그것에 대한 만족도는 개개인별로 다를 수 있고, 그것에 대해 감상평을 남기는 건 본인의 자유다. 그럼에도 불구하고 내가 마음에 걸려 할 것을 생각해 본인도 마음이 쓰인 거다. 왜 이렇게 사람들 마음이 착하고 여리고 또 따뜻한 걸까. 그런데 그 와중에 냉정하게 평가해 준 말도 있었다. '그럼에도 다시 방문하고 싶지는 않은 공간'이라는 말.

오늘도 맥주를 들이켰다. 꿀꺽꿀꺽. 어떠한 말로도, 어떠한 행동으로도, 얼마나 맛있는 맥주를 먹더라도 회복이 안 될 것 같다. 하지만 이럴 때 꼭 내가 하는 행동이 하나 있다. 뜨끈한 물에 샤워를 끝내고 시원한 맥주를 들이켠다. 최고의 안주는 군아몬드옥수수. 오도독오도독 씹어먹으며 혜롱 해질 때까지 맥주를 마신다. 혼자 센치해져 취하는 밤이면 음악을 듣는다. 〈위아더 나잇-깊은 우리 젊은 날〉. 잠이 슬슬 오면 양치하고 이부자리에 눕는다.

여기서부터 중요하다. 이불은 한여름에도 폭신하고도 두터운 것으로 고른다. 그리고 이불 네 면을 내 몸쪽으로 말아 넣는다. 이불 상단 우측 모서리는 내 오른쪽 어깨 아래로, 상단 좌측 모서리는 내 왼쪽 어깨 아래로, 하단 우측 모서리는 내 오른발 아래로, 하단 좌측 모서리는 내 왼발 아래로. 이불의 사면을 내 쪽으로 꽁꽁 잘 말아 넣는다. 바람 한 줌 들어오지 않도록. 그렇게 이불에 푹 쌓인다. 두껍고 폭신한 이불이 나를 감싸 안으며 지친 내 마음을 말랑하게 만들어 준다. 따뜻하고 포근하다. 그러다 마음이 조금 더 가라앉으면 얼굴까지 이불 속에 파묻는다. 이불이 조금 들썩거려도, 이불 안이 조금 습해 져도, 내 온몸을 빈틈없이 감싸주는 이불이 있어서 따스한 위로를 받는다.

지금 딱 30살인데,
그 정도면 많은 걸 이룬 거 아니야?

　　오늘은 노트북 자판에 손을 얹기 위해서 굉장한 용기가 필요했다. 맥주 한 캔에도 잘 취하지만, 벌써 두 캔째 들이키며 글을 시작했다.

　　대학생 때 나는 아싸(아웃사이더)였다. 외모 콤플렉스 때문에. 고등학교를 갓 졸업해 짧은 쇼트커트에 옷도 엄마가 사준 옷을 골라 입고 학교에 다녔다. 제대로 화장할 줄도 몰랐다. 그러던 어느 날 나름 친하게 지낸 동기들이 소개팅하는데 대놓고 나를 빼놓았다. 그때 인생 첫, 최대의 충격을 받았다. '외모'로 사회에서 소외당할 수 있음을 처음으로 경험한 거다. 나는 그 무리를 떠났다. 하지만 인간은 사회적 동물이라 늘 외로웠다. 또 고독했다. 하루 종일 대학교 캠퍼스에서 홀로 점심을 먹고, 저녁을 먹었다. 강의실에 갈 때면 삼삼오오 모여 와자지껄 떠드는 활기 속에 혼자 침전해 들어갔다. 그래, 참 외로웠다.

그러다 지인의 추천으로 동아리를 시작했는데, 그것도 참 정말 재미없는 영어 주간지 《TIME》을 해석하고 읽는 동아리였다. 하지만 집단에 대한 목마름을 느꼈기 때문에 금세 적응하고, 또 몰입했다. 교직 이수며, 온갖 기사 자격증을 따러 다니는 동기와 달리 나는 취업전선에 뛰어들었다. 대학교 4학년 1학기 때 중소기업에 취업했고, 이내 곧 때려치우고 대학을 졸업 후 다시 취직했다. 그것도 공공기관에! 이제는 인생의 길을 잘 찾았다고 자부했다.

직장생활 2년 차, 회사에 뼈를 묻기 위해 대학원에 진입했다. 회사에 다니면서 논문을 쓰는 삶은 참 고달프지만 졸업은 달콤했다. 3년 차에는 결혼을 했다. 대학교 동아리에서 만난 한 학년 위 선배랑. 선배도 졸업 후 빨리 취업하는 바람에 우리는 '결혼 적령기'가 잘 맞아떨어진 셈이었다. 그렇게 결혼하고 1년여 정도 회사를 더 다니다 지금의 카페&서점을 차렸다.

이제는 어느 정도 인지도를 갖고, 입소문이 나기 시작했다. 그런데 창업한 지 1년 만에 임신했다. 임신과 출산, 그리고 육아를 자영업과 병행하는 일은 정말이지 고난의 연속이었다. 심지어 짝꿍과 주말부부를 하고 있어 평일에 혼자 아이를 보고, 또 카페 영업까지 해야 했다. 울지 않은 날이 없었다. 그럼에도 매일을 꾸역꾸역 버텨냈다. 육아와 일을 병행하며 하루를 살아냈다. 그 꾸역의 보상이었는지, 매달 100~200여 명의 사람들이 이 공간을 찾고, 다양한 프로그램에 정기적으로 참여하고 있다. 그래서일까? 나는 이런 말을 듣게 되었다.

"지금 딱 30살인데, 그 정도면 정말 많은 걸 이룬 겁니다."

생각해 보니 그런 것 같다. 취직해서 직장생활도 4년 정도 해봤고, 대학원도 졸업하고, 논문도 써봤고, 결혼도 했고, 임신&출산&육아 쓰리콤보도 해결했고, 퇴사 후 카페도 창업해 (겉보기에는) 이렇게 잘 운영하고 있으니 말이다.

하지만 '아, 내가 정말 잘살고 있구나'라고 행복해졌다가도, 이내 곧 지독하게 우울해진다. 남들과 비교했을 때 많은 걸 이뤘다는 그 알량한 비교 우위에 조금 안심이 되었다가, 온전히 내 삶을 살지 못하고 타인이 가진 것과 비교하며 잘살고 있는지, 못살고 있는지 판단하는 것이 슬퍼졌다. 지독하게 가진 것이 없다는 사실도 괴로웠다. 3년이 지난 시점에서의 통장 잔고는 29여만 원. 아, 물론 예적금은 없다. 이 글이 조심스러운 건 누군가는 가지지 못한 것을 내가 가지고 있을 수 있고, 누군가가 추구했던 삶을 내가 누리고 있는 것일 수도 있기 때문이다.

현재의 내 상황에 만족하고, 또 감사하며 나름 하루하루를 알차게 즐기고 있기도 하다. 가지지 못한 것을 가질 수 없음에 괴로워하는 것이 아니다. 남들이 보는 나와, 실제의 내가 만들어 내는 '간극'이 무척이나 괴롭다는 것이다. 이 나이에 많은 것을 이뤘다고 말하는 사람들, 나를 한없이 좋게 봐주는 사람들에게 '나는 그만큼의 사람이 아니다'라는 사실이 부끄러울

서른의 무게란 이런 것인가!

뿐이다. 나 자신이 한없이 부끄럽고, 초라할 뿐이다. 처음엔 이런 고민 없이 쉽게 살아보자고도 했다. 그냥 남들이 치켜세워 주는 대로, 나에 대해서 말하는 대로 살아볼까도 생각해 보았다. 하지만 '실제의 나는 그렇지 않은데'라는 생각이 나를 멈춰 서게 했다.

서른 살에 많은 것을 이뤘다고 말하는 사람들에게, 무언가를 '이뤘고' '얻었고' '취득했다'는 그런 말보다, 그걸 떠나서의 있는 그대로의 '나'를 봐주기를.

"저 사람은 30대의 하루를 저렇게 살아가는구나!"

"저 사람은 맥주를 잘 마시지도 못하면서 좋아하는구나(20대 때는 소주만 마셨다더니)!"

"저 사람은 책과 사람을 좋아하는구나(그래서 주야장천 카페에서 독서 모임만 해대네)!"

"저 사람에게 저런 면모도 있었네?"

"저 사람은 곤란한 상황이 오면 인중에 땀을 흘리는구나!"

나의 30대를 한 줄 한 줄 그 의미 없는 이력 사항으로 채우기보다, '내가 좋아하는 것', '내가 하는 버릇', '나의 취미'로 나열되었으면 좋겠다. 그것을 바랄 뿐이다.

엄마의 소비가
못마땅하다

아빠가 은퇴한 후, 엄마는 아빠를 따라 조그마한 섬으로 들어갔다. 오랫동안 살던 터전, 친한 친구들, 익숙한 생활방식을 전부 한순간에 포기해야 하는 엄마는 마음고생이 심했다. 아빠에게 섬으로 가기 싫다고 설득도 해보고, 하소연도 하고, 화도 내고, 울기도 했다. 하지만 결국 엄마는 아빠의 선택을 따랐다.

시간이 조금 흐르고 나니, 엄마는 이제 완전히 섬 생활에 익숙해졌다. 더 이상 알람 시계를 켜지 않는다. 볼살을 간질이는 아침햇살에 자연스럽게 눈을 떴고, 일어나자마자 호미를 들었다. 집 앞 정원(정원이라고 부르지만 화단 같다)을 거닐며 바지런히 일한다. 잡초를 뽑기도 하고, 자란 상추를 보고 '내일은 잡아먹을 수 있겠다'라고 한다. 정원 한편에 심어놓은 꽃들은 어찌나 이름이 복잡한지, 손수 팻말도 달았다. 식탁에는 해산물이 가득하다. 구운 생선, 바지락국 등등.

엄마는 아빠와 오순도순 점심을 먹고 나면, 집 주변을 한 바퀴 돈다. 집이 산 중턱에 위치해 있어서 무척이나 가파른데(정말 상상 이상으로 가파르다), 엄마는 게처럼 어렵지 않게 잘 걸어 다닌다. 어감이 조금 이상한가? 그런데 정말 게처럼 잘 다니신다. 집이 산 중턱에 자리 잡고 있어서 주변이 온통 바다라 그

런지, 산에도 게가 산다. 처음에 믿지 않았는데 엄마는 보낸 동영상 속에는 창틀에, 산속에 게가 기어다니고 있었다. 산책하고 나면 엄마는 항상 나에게 카톡을 보낸다.

"딸, 누워서 별을 보면 참 좋을 것 같은데 눕는 의자 같은 거 하나 사주면 안 될까? 돈은 지금 바로 보낼게."

"딸, 네이버에서 보니까 정원에 자그마한 불빛 들어오는 동상을 놔둘 수 있더라. 인터넷으로 주문 좀 해줄 수 있어?"

엄마는 전자기기를 다루는 것에 참 약했다. 인터넷으로 물건을 주문하는 것도 몇 년간의 수련 끝에 겨우겨우 가능해졌다. 그런데 늘 '비싼' 것만 샀다. 최저가 비교를 하면 반값에도 살 수 있음에도 불구하고 검색해서 바로 보이는 걸로. 카드사 할인, 통신사 할인, 이벤트 쿠폰 할인 등등의 적용도 안 하고 그대로. 이런 엄마가 답답해서 어느 날부터 엄마의 구매를 담당하게 되었다. 엄마는 싸게 사서 좋아하고, 나는 엄마가 실속 챙겨서 좋았다. 하지만 어느 순간 엄마가 사려는 것들이 맘에 들지 않을 때면 되물었다.

"엄마, 그 좁은 집에서 눕는 의자를 어디에 두게요?"

"불빛 들어오는 동상 그거 쉽게 깨지고 망가지는데, 비바람 불면 어떻게 해요?"

엄마가 구매하려는 것마다 딴지를 걸자 엄마는 "됐다, 내가 하마."라고 대답하지만, 나는 그건 또 아니라고 생각해서 엄마를 가로막았다. "아냐! 엄마 또 비싼 거 살 거지! 기다려 봐!"

이런 대화는 생각보다 자주 반복되었다. 카페 일로 바쁠 때는 엄마에게 화를 내기도 했다. "엄마! 지난번에 최저가 비교하는 법 알려줬잖아!" 엄마는 차분히 휴대전화 다루는 게 얼마나 어려운지, 지금 당장 그 물건이 얼마나 필요한지를 설명하다 못해, "나중에 너 닮은 딸을 낳아봐야지."라고 내뱉고 끝낸다(다행인가, 나는 아들을 낳았다).

내가 생각해도 너무했네 싶을 정도지만, 엄마는 늘 먼저 카톡을 보냈다. "오늘은 조그마한 탁자 하나 사주라" "이거 사면 어떨 거 같아?" 늘 한결같은 엄마를 보니 문득 이런 생각이 들었다. 엄마와 나의 물리적 거리가 멀어지자, 만나는 횟수도, 함께 밥을 먹고 수다를 나누는 기회도 줄어들었다. 함께하는 생활이 없으니, 대화도 늘 비슷한 패턴이었다. "밥은 잘 챙겨 먹니?" "별일 없니?" "힘내"

엄마는 외로웠던 걸까? 섬 생활을 정말 활력 있게, 꿋꿋하게, 그리고 또 재밌게 하고 있지만 마음 한편으로는 자식과 멀어져서 외로웠을까? 엄마가 필요한 건 물건이 아니라, 나와의 대화가 아니었을까? 물건을 매개로 해서 나와의 공유지점을 찾고 싶었던 건 아니었을까?

카페에서의 바쁜 일이 끝나자 엄마에 대한 생각에 마음이 한없이 무거웠다. 나는 왜 이렇게 못된 걸까? 가장 가까운 가족에게, 나의 하나밖에 없는 엄마에게 왜 이렇게 철없이 굴까? 반성해야지 하면서도 왜 반복할까? 문득 엄마에게 미안함과 고마움, 죄스러움과 감사한 마음이 들었다. 그래서 전화를 걸었다. "무슨 일 있어?"라고 시작하는 엄마의 첫마디에, 나는 "뭔 일 있어야만 전화하나! 그냥 엄마 목소리가 문득 듣고 싶어서 전화했지."라고 중얼거렸다.

엄마는 실없다고 말하면서도 그날 있었던 이야기를 미주알 고주알 건넸다. 얼마간의 통화 끝에 이만 작별하려는 엄마를 붙잡고 한마디 했다. "매번 퉁명스럽게 굴고, 화내서 미안해." "한두 번도 아니고, 너 마음 다 알아. 그럼 이제 얼른 쉬어!"

빠진 말 추가 엄마의 취향과 선택을 존중하자! 최저가로, 가성비가 좋거나 효용성이 좋지 않은 물건을 샀더라도 엄마한테는 합리적인 소비다. 유념!!!

2부

당신의 이름이
새겨진 도서관

당신의 이름이 새겨진
도서관

　카페&서점을 운영하며 많은 사람을 만난다. 최근 독서 모임, 북토크 같은 다양한 문화프로그램도 운영하고 있는지라 평소보다 더 많은 손님을 만나게 된다. 이 가운데에는 공통점이 있다. '말', 그들은 너무도 말을 하고 싶어 했다. 손님들은 대화가 필요했다. 최근 코로나 시대에 자유롭게 수다를 나눌 수 있는 만남의 장이 없어진 탓이다. 손님이 '딸랑'하고 카페&서점 문을 열고 들어온 순간부터, 커피를 주문받고 커피를 내리고, 커피를 전달하는 순간까지도 손님과 대화가 이어진다.

아니 그 이후까지도. 차분히 앉아 차를 마시면서도, 시간이 흘러 손님이 문을 나서는 순간까지도. 덕분에 나는 엄청난 경청 +대화 진행 스킬을 획득하게 되었다. 간혹 손님들은 내게 너무 많은 대화로 지치지 않느냐고 묻는다.

사실, 솔직하게 고백하자면 조금 피곤하기도 하다. 쉼 없이 흘러나오는 음악 소리, 대화 소리에 귀가 지칠 때가 있다. 그런데 그건 귀의 육체적 피로일 뿐, 그것과는 별개로 사람들의 이야기는 항상 재밌다. 저마다의 인생, 저마다의 삶, 저마다의 사연과 지혜가 담겨있는 이야기는 정말 재미있다. 한 사람 한 사람을 모아놓고 진지하게 책을 써보고 싶다는 생각까지 들 정도다.

언젠가는 퇴근길에 자동차 배터리가 방전된 적 있었다. 출근할 때 라이트를 켜놓고 종일 주차를 해놓아서 배터리가 나간 거다. 출동하신 카센터 사장님은 내 차의 배터리를 갈아주시고, 온 김에 이것저것 손봐주셨다. 그러면서 사장님은 자신의 인생 이야기를 시작했다. 예전에 큰 여행사를 운영했고, 보유하고 있는 대절 버스만 해도 100대나 됐다. 하지만 이내 사업은 불황을 직격으로 맞았고, 여행사의 경험을 토대로 카센터를 차렸다. 사람들이 카센터 직원을 얕보는 설움도 있지만 자동차 수리는 기술, 지식과 경험이 필요한 것이라고. 자동차가 고장 나면 사람들은 절실히 도움을 요청한다고. 그럴 때 사장님은 레커차를 삐용삐용하고 달려갔다. 수리가 끝나고 정상

적으로 작동하는 차를 보면 손님들이 정말 좋아하는 것, 그것 또한 일의 보람이라고 말했다. 어느새 사장님의 손엔 시원한 아메리카노가 한잔 들려있다. 우리는 그 뒤로도 여러 이야기를 나눴고, 간혹 문자도 주고받았다. 진지하게 생각해 보았다. 모셔다 강의를 해달라고 할까?

또 다른 손님은 우리 카페&서점의 홍보대사이자 단골손님이다. 현재 30대 중반임에도 불구하고 어렸을 적 시골 깊숙한 곳에서 자라 요즘 사람들이 하지 못한 경험을 많이 했다. 가끔 손님의 이야기를 들으면 나이와 매칭이 잘 안될 때가 많다. 집에 있는 우물을 길러 빨래했고, 태풍이 부는 날은 아빠랑 지붕으로 올라가 집을 고쳤다. 개인 사정으로 대학에 가지 못하고, 스무 살 때부터 일했다. 새벽부터 전자상가로 출근해 새벽에 돌아왔다. 쥐꼬리만 한 월급을 쳤음에도 불구하고 그저 일하는 게 재밌어서, 또 보람도 있어서, 혹은 사회초년생이라 아직 사회의 쓴맛을 보지 못해 아주 순수한 열정으로 가득 찬 시기라서, 몸을 갈아넣으며 일했다. 그러다 무언가 잘못되었다는 것을 느끼고, 이런저런 알바와 이런저런 경험을 통해 지금의 당신이 완성되었다고.

손님들의 이야기를 들으면 공통점이 있다. 우리네 삶은 항상 고난과 역경으로 가득 차 있다는 것. 가까운 친구도, 가족도, 사회도 내 뜻대로 움직이지 않는다는 것. 그럼에도 저마다 현재를 살아가고 있다는 것. 생각보다 많은 사람들이 자신

이 현재 불행하다고 생각하고, 자신의 위치가 불안하고 고달
프다고 여긴다. 하는 일은 항상 순조롭지 못하다고 생각한다.
하지만 손님들의 이야기를 듣고 있노라면 손님들은 지금의 삶
을 충실히, 정말 잘 살아가고 있는 것만 같다. '나 때는 말이야'
라고 시작하는 라떼 시절의 멘트를 피하려고 노력하는 사람이
많지만 어쩌면 라떼 멘트는 힘든 시기를 이겨 대견하고, 또 자
랑스럽고, 사랑스러운 마음의 표현이 아닐까? 고난과 힘듦, 박
해와 결핍, 그 모든 시기를 거쳐 단단하게 된 지금의 나에 대
한 자존심과 존경의 표현이 아니었을까?

'노인 한 명이 죽으면, 도서관 하나가 사라지는 것과 같다'
라는 말이 있다. 나는 손님들의 라떼 시절 이야기를 들으면 항
상 이 말이 떠오르곤 한다. 저마다 추억이라는 이름의 책이 있
고, 경험이라는 이름의 사전이 있다. 그렇게 책과 책이 모여
하나의 도서관을 만들어 내는 것, 그게 바로 '나'라는 존재다.
인생은 '나'라는 이름의 도서관에 책들을 하나둘 채워 넣는 것
이다. 손님들이 저마다 가진 도서관도 너무도 다채롭다. 각자
가 가진 색깔이, 각자 이름의 도서관이 너무도 눈부시다.

이제 나는 생각한다. 우리의 애매한 공간, 카페&서점은 이
제 손님들 각자의 도서관 한편에 자리 잡은 한 권의 책, 한 편
의 장르가 아닐까, 하는 그런 생각.

하루를 온전히
살아낸다는 게 버거울 때

오늘은 손님이 한 명도 오지 않았다. 특별한 이벤트(1+1, 비 오면 음료 할인 등)도 없었고, 독서 모임도, 문화프로그램도 없었다. 텅 비어버린 공간이지만, 나는 여전히 영업시간을 지켰다. 오롯이 혼자서 긴 시간을. 처음에는 손님이 없는 시간에 낭만을 찾아 떠났다. 좋아하는 노래를 크게 틀기도 하고, 그동안 미뤄뒀던 책 읽기도 하고, 그림도 그렸다. 하지만 언제나 시린 현실 앞에서는 낭만도 더 이상 '낭만'으로 남지 않는다. 손님이 없는 날, 텅 비어버린 날, 생각이 많아지는 날에는 하루를 온전히 살아낸다는 게 버겁다.

옛날에 엄마는 병원 앞에서 전복죽 가게를 하셨다. 아침 일찍 우리를 학교에 보내고 나서야 가게 문을 열었다. 엄마는 하교 후에도 집에 오지 않았고, 잠들까 말까 고민하는 시간 즈음 돌아왔다. 돌아오는 길에는 늘 무언가 사 들고 오셨는데, 치킨, 만두, 튀김 등이었다. 동생과 나는 늦게 오는 엄마가 늘 기다려졌다. '오늘은 무슨 음식을 사 들고 올까?' '엄마는 언제쯤 올까?' 엄마보다 더 기다린 것 같은 음식을 허겁지겁 먹다가 바라본 엄마와 아빠는 서로 무언가 공허한 눈짓을 했고, 나는 고개만 갸우뚱거린 채 다시 간식에 몰두했다. 동생한테 뺏길까 봐 더 치열하게.

그런 뒤 도란도란 이야기를 나누었다. "엄마, 오늘은 장사 잘됐어?" 엄마는 '잘됐다' '안됐다' 명확한 답변을 하지 않았다. 대신 손님들과 있던 이야기를 들려주곤 했다.

"엄마가 지난번에 맨날 죽 먹으러 오는 단골 할아버지 이야기해 준 적 있지?"

"응! 엄마가 만든 죽이 제일 맛있다며?"

"오늘은 엄마가 전복죽 할인해 드린다고 했거든, 근데 할아버지가 글쎄 '제값은 받아야지!' 하고 돈을 주시는 거야. 그러시면서 할아버지가 '내가 비록 혼자지만 돈은 많아! 부자야!'라고 하시더라고. 알고 보니 진짜 부자였던 거야. 그 병원 주변에 건물들이 다 할아버지 거래. 엄마가 오늘 부자 할아버지 뭐가 들어있을까?

한테 전복죽을 팔았다니까!"

"우아! 엄마 죽이 진짜 맛있나 봐!"

지금 생각해 보면 별로 재밌지도, 특별하지도 않았던 이야기다. 하지만 나는 왜 아직도 그 시간을 기억하는 걸까? 돌이켜 생각해 보면 그 순간이야말로 정말 재밌고, 특별하고 또 행복했었나 보다.

하지만 2년이 채 안 돼 엄마는 가게를 접으셨다. 나는 "장사가 잘되는데 왜 문을 닫아?"라고 물었는데, '이제 엄마가 만들어주는 전복라면도 못 먹으려나' '간식도 못 먹으려나' 걱정이 앞섰다. 엄마는 이런 날 보고 그저 싱긋 웃었다.

"울 똘이(내 별명)랑 시간 많이 보내려고 그러지!"

그때 나를 바라보고 웃는 엄마의 마음은 어땠을까? 희망을 품고 차린 가게를 정리했을 때의 기분은 어땠을까? 생계를 위해서 시작한 일인데, 그로 인해 매일 밤늦게 들어갈 수밖에 없었던 엄마의 마음은 어땠을까?

오늘 꿋꿋하게 영업시간을 버텼다. 결국 끝날 때까지 단 한 명의 손님도 오지 않았다. 집에 있을 아이와 짝꿍을 생각하니 마음이 무거워졌다. 돈이라도 많이 벌었으면 좋을 텐데. 손님이 없을 줄 알았다면 가족과 시간을 보내는 건데. 엄마가 전복죽 가게를 운영하며 느꼈을 삶의 무게가 어느 정도였을지 가늠되지 않지만, 한없이 침전하는 슬픔, 죄책감과 우울함, 두려움과 불안함 이 모든 감정이 나를 순식간에 잡아먹었다.

퍼뜩 정신이 들어 시계를 보니, 영업시간이 끝나고도 40분이 더 지났다. 서둘러 가게 문을 닫았다. 집에 거의 도착할 때쯤 근처에 유명한 팥빙수 가게가 보였다. 굳이 차를 돌려 팥빙수 가게 앞에 세웠다. 가게를 나온 내 손에는 팥빙수가 들려있었다. 팥빙수가 녹을라 발걸음이 빨라졌다. 걸음도 가볍다. 경쾌하다. 재빠르다. 집으로 들어가 나를 기다리고 있는 아이와 짝꿍에게 "오늘 간식은 빙수다!"라고 외쳤다. 돌고래 소리를 내는 아이와 나를 보고 수고했다고 웃어주는 짝꿍을 바라보았다.

'나 그래도 오늘 하루 온전히 잘 살아냈구나.'

엄마의 법학서

고등학교 동창 D로부터 연락이 왔다.

"잘 지내지? 네 소식은 인스타그램으로 잘 전해 듣고 있어."

고등학교를 졸업하고 연락이 끊겼던 친구로부터의 연락이라 조금 당황했다가, 인스타그램으로 소식을 접했다는 게 의아했다.

"엥, 나 인스타그램 안 하는데?"

"하하. 개인 계정 말고, 네가 운영하는 북카페 말이야!"

나는 이내 납득하고 반갑게 인사했다. 그러곤 근황 토크를 시작했다. 친구도 엄마가 되어있어서 통하는 게 많았다. 육아에 대한 토로, 가족에 대한 사랑, 학창 시절에 대한 추억 이야기까지 번졌고 전화통화는 1시간이 후딱 지났다. "야, 우리 못한 이야기가 너무 많다. 만나서 이야기해." 그렇게 우리 카페&서점은 동창회 장소가 되어버렸다. D를 시작으로 A부터 C까지 친구들이 총집합했다. 그날 우리는 이야기꽃을 봉우리까지 피웠고, 만개한 꽃을 피우기 위해 다음에 또 만나기로 했다. 친구들과 자유롭게 수다를 나눌 공간이 있다는 게 참 좋구나. 급 번개 동창회를 마치고 문득, 무언가 찜찜한 기분이 든다. 아, 생각해 보니 나는 D와 사이가 좋지 않았었다!

　D는 문과반 1~2등을 다투던 수재였다. 우리는 고3 때 같은 반이었고, 한 달에 한 번씩 짝꿍이 바뀌는 주기를 맞아 옆자리에 앉게 되었다. 점심시간에 아이스크림을 먹기 위해 치마를 입고 담을 넘기도 했고(담장은 약 3m 정도였는데, 때마침 주차되어 있던 트럭을 밟고 올라서다 선생님께 걸려 그대로 교무실로 직행하기도 했다), 같이 도서관에 가서 책도 빌려 읽기도 하고, 지금은 기억하지 못하는 시답잖은 이야기를 시시콜콜 주고받았었다. 그러던 어느 날, 수능을 앞두고 학교에서는 부모님의 직업, 부모님의 학력, 가족 재산 등을 묻는 아주 구체적인 조사를 했었는데, 나는 그 종이를 털레털레 들고 집으로 들고 갔다. 그날 저녁 엄마와 아빠는 자동차를 돈으로 환산했을 때 얼마 정도 될지도 대략적으로 계산해 넣으며 열심히 빈칸을 채워주었다. 초등학생

때부터 중학교, 고등학교에 이르기까지 늘 했던 조사라서 대수롭지 않았다. 그런데 그날따라 다 채워진 종이를 빤히 바라보고 있으니, 마음이 무거웠다. 나를 혼란하게 한 건 '학력'란이었다. 아빠 중학교 졸업, 엄마 고등학교 졸업 등 몇 년도에 어디 학교를 졸업했는지까지 구체적으로 적혀있었다. '이제 부모님의 학력을 넘어서는구나.' 그 말을 속으로 내뱉고 나니 심장이 쿵 내려앉았다. 이 마음의 정체는 뭘까. 나는 대수롭지 않게, 어쩌면 초등학생 때도 던졌을지 모르는 그 질문을 또 던졌다.

"아빠는 왜 중졸이야?"

아빠는 완전 신나는 얼굴로 '나 때는 말이야'를 시전 했다.

"팔 남매로 태어나서 집안이 찢어지게 가난했지 뭐. 그래도 아빠는 중학교나 졸업했지, 위의 누나들은 중학교도 못 갔다. 얼마나 원망을 많이 들었는데. 그래서 고등학교는 못 가고, 중학교 졸업하자마자 농기계 수리하는 회사에 취직했었어. 참, 그때 좋았었는데."

한참이나 그때 그 시절을 이야기하는 아빠의 얼굴에는 어두운 빛이 없다. 그때의 고난과 역경이 지금의 '그'를 만들었다는 생각, 힘들지만 행복했었다는 회고의 순간이 '그'를 더 빛나 보이게 만든다. 엄마에게도 물었다. 엄마는 의외로 답이 짧았다. "운이 좋았지." 나는 더 이상 물어보지 못하고 나름 잘 채워진 그 종이를 반으로 접어 가방에 넣었다.

다음날 그 종이를 들고 학교에 갔을 때, D는 내게 그 종이를 바꿔보자고 했고, 나는 선뜻 응했다. 우리 집안만의 재산이나 부모님의 학력을 감춰야 한다거나 부끄러워해야 한다는 생각이 전혀 없었다. 부모님은 그만큼 내게 당당했기 때문에 아무런 저항선이 없었다. 바꿔 든 친구의 종이는 정말 빼곡했다. 수두룩 빽빽. 재산은 사실 그 당시 어느 정도의 주택, 아파트, 차, 숫자면 많은 건지 가늠할 수가 없어서 잘 기억이 안 난다. 다만 아직도 기억나는 건 친구네 부모님의 학력 칸이었다. 모두가 알만한 학교였다. "와!" 나는 감탄이 절로 나왔다. 친구는 자랑스럽게 부모님의 이야기를 해주었다. 엄마는 국문과를 나왔는데, 국어를 정말 잘해서 언어영역을 가르쳐주기도 하셨단다. D가 장학금을 받으면 D의 엄마는 몽땅 D가 사고 싶은 걸 사라고 하셨다. 나는 D가 들려주는 이야기들을 정말 재밌게 들었다. 다른 나라 이야기로 받아들여졌다. '와 이런 가족이 있구나. 부럽다.' 내게 D의 이야기는 새로운 세계였다. 나는 그날 저녁 야자를 마치고 집으로 가서 엄마에게 이야기했다.

"엄마, 세상에! 내 짝꿍 부모님이 △△대 하고 ○○대를 나왔대! 대박이지?"

내 일도 아니면서 되게 자랑스럽게 말했는데, 엄마는 그런 나를 빤히 바라보았다. 엄마는 한동안 말이 없다가 조용히 읊조렸다. "엄마도 △△대 합격했었어." 엄마는 조금 긴 침묵 끝에 나를 장롱 앞으로 데려갔다. 그러곤 장롱 속 보석함을 꺼내더니 더 깊숙한 곳에 있던 두꺼운 책들을 꺼냈다. 책은 온통 까만색이었고, 제목은 온통 한자로 쓰여있었다. "법학서야." 엄마는 찬찬히 이야기를 시작했다. "엄마가 고등학교 때 정말, 정말 힘들게 사둔 책이야." 엄마는 책을 하나하나 꺼내서 내게 보여주었다.

멍하니 엄마가 차곡차곡 꺼내놓은 법학서를 바라보았다. 나는 왈칵 쏟아지려는 감정을 갈무리하기 위해 내 방으로 들어갔다. 이런 나를 뒤로하고 엄마가 다시 책들을 장롱 깊숙한 곳

에 넣어 정리했다. 우리 집에서 가장 좋은 것들만 담긴 보석함. 금반지며 은반지며 온통 귀한 것만 담긴 보석함. 그 보석함보다 더 깊숙한 곳에 있던 엄마의 법학서. 한두 권도 아닌 무려 열 권이 넘는 두꺼운 책들. 그러나 그 책들은 빛바랜 것 외에는 정말 새것처럼 깨끗했다. 마치 펴보지 못한 것처럼, 엄마의 꿈이 고스란히 잠자고 있던 것처럼.

그날 이후로 나는 D와 거리를 두었다. D의 잘못이 아니다. 그저 내 마음이 너무 무거워서, 지탱하기 힘들 만큼 감정이 솟구쳐 올라서, 자꾸만 바깥에서 변명거리를 찾아냈다. 엄마와 아빠라고 불리는 이름의 무게가 느껴져서, 그들의 청춘과 꿈이 너무 아까워서. 그 모든 게 미안하고 또 고마워서. 그래서 나는 D와 멀어졌다. 고등학교를 졸업하고 10년이 훌쩍 지나 다시 만난 D와 나는 그렇게 엄마가 되어있었다. 갈무리되지 못한 감정은 시간이 해결해 주었고, 우리는 다시 재회한 것이다. 출산부터 모유 수유의 모든 과정을 생생히 나누며 우리는 엄마의 삶의 무게를 이해하고자 노력했다. 전화를 끊을 때도, 카페에서 헤어질 때도 '엄마로서, 그리고 나로서도 힘내자'라는 인사말을 나누었다. 그래, 우리는 엄마가 되었다.

밀크티와 카페라테
들고 건배!

출근하자마자 나를 위해 카페라테를 한 잔 만들었다. 나는 얼어 죽어도 아이스, 일명 '얼죽아'파라서 쌀쌀한 날씨에도 무조건 아이스 카페라테다. 카페에는 잔잔한 커피 향이 돌고, 컵 안에서 짤랑거리는 얼음 소리가 너무나 듣기 좋았다. 테이블 위에는 카페라테가 담긴 얼음컵이 둥근 호수를 만들었다. 이런 풍경은 언제나 너무 예뻤다. 잔잔하고도 신난 재즈 음악마저 공간을 가득 메우니, 이 8평짜리 카페&서점이 정말로 가득 찬 기분이었다. 풍요롭고, 또 따스했다.

그순간, 풍경소리가 짤랑 울리고, 손님이 들어왔다. 나는 카운터를 벗어나 손님을 감싸 안았다. "오랜만이에요!" 손님, 아니 우리의 친구도 환하게 웃으며 등을 토닥여 준다. "잘 지내셨어요?" 아주 오래 떨어진 가족을 만나듯 얼싸안고 있지만, 불과 일주일 전에도 만났었다. 하지만 일주일이 왜 이렇게 길게 느껴졌을까. 일주일 만에 만난 친구가 너무나 반가웠다. 늘 그렇듯 친구는 밀크티를 시켰다. 다만 바뀐 게 있다면 쌀쌀한 날씨 탓에 아이스가 아닌, 따뜻한 것을 시켰다는 정도. 우유에 스팀을 쳐서 직접 만든 밀크티 시럽을 붓고 친구에게 가져갔다. 달달한 밀크티, 그리고 시원한 카페라테와 함께 우리는 두런두런 이야기를 나누었다. 일주일이라는 시간은 생각보다 짧아서 우리에게 큰 일상의 변화는 없지만, 소소하게 나눌 수 있는 이야깃거리들이 참 많다. 최근 가본 맛집 이야기라든지, 뱃살이 안 빠진다든지.

어느새 우리는 어린 시절 이야기까지 나누게 되었는데, 특히 어렸을 적 부모님의 직업 이야기를 하게 되었다. 친구는 어렸을 때 부모님이 문방구를 하셨다. 다니던 초등학교 바로 앞에서 문방구를 운영했는데, 문방구 이름도 친구의 이름을 따서 'OO문방구'라고 지었다. 그런데 어느 순간 친구들이 'OO문방구'에서 '문'을 빼고 부르더니 'OO방구'라고 놀리는 것이 아닌가! 그때부터였는지, 부모님이 문방구를 한다는 게 지독히고 싫었다. 사소한 이유지만, 그때는 왜 그렇게도 싫었는지.

생계를 위해 부모님이 선택한 일을 왜 싫어했을까.

나 또한 친구랑 매한가지였다. 난 사실, 아빠가 군인이라는 게 너무도 싫었다. 아주 어렸을 때, 그러니까 초등학생 저학년까지만 해도 군복 입은 아빠가 참 멋져 보였다. 아빠와 함께 TV를 보면 주로 무협영화를 보곤 했는데, 〈엽문〉의 견자단, 〈도신〉의 주윤발, 〈취권〉의 성룡이 모두 아빠처럼 보였다. 가만 보면 닮은 구석도 꽤 많다. 그래, 아빠란 존재는 정말 한없이 커 보이고, 멋지고, 자랑스럽고, 또 우러러보게 되는 것만 같다. 하지만 아빠의 직업이 싫게 느껴진 순간 아빠가 한없이 작아 보였는데, 손가락이 꺾인 채 돌아온 그날이 그랬다.

온 가족이 둘러앉아 있는 식탁은 그날따라 고요했다. 엄마는 항상 '어른이 수저를 들고나면'이라고 말했던지라, 나는 아빠가 들길 기다리고 있었다. 아빠는 어정쩡 정한 모양으로 수저를 들었지만, 아빠의 수저는 테이블 위로 '쨍!' 하고 큰소리를 내며 떨어졌다. 엄마는 그때 문제가 있음을 직감하고 나와 동생에게 "먼저 밥 먹고 있어."라고 말한 뒤 아빠와 함께 방에 들어갔다. 굳게 잠긴 방 문틈에서는 싸늘한 긴장감이 새어 나왔다. 동생은 상황도 모른 채 밥을 입에 넣고 있었는데, 그런 눈치 없는 동생이 너무 얄밉기만 했다. 잠시 뒤 방에서 나온 엄마와 아빠는 내게 동생을 맡긴 채 밖으로 나갔고, 한참 뒤 돌아온 아빠의 두 번째 손가락에는 붕대가 감겨있었다.

나는 엄마, 아빠가 맥주 한잔 기울이며 하는 이야기를 통해 사건의 전말을 듣게 되었다. 군대는 철저하게 계급 조직이다. 상사계급인 아빠에게는 상급자 원사가 있었다. 그는 평상시 주변의 험담을 굉장히 많이 하고 다녔는데, 아빠는 매번 한 귀로 듣고 한 귀로 흘렸다고 한다. 그러다가 그는 '왜 내 편을 안 드느냐'라고 하며 아빠의 손가락을 꺾었다는 것이다. 아빠는 손가락을 꺾인 것보다 더한 고통을 느꼈다. 견딜 수가 없는 모욕에 상사를 신고하기로 마음먹었지만, 문 앞에서 노크 한 번 하지 못한 채 집으로 돌아왔다. '이제 곧 진급인데' '곧 월급이 오를 텐데' 이 생각 하나가 아빠를 멈춰 서게 했다. 엄마는 그런 아빠에게 차마 '그까짓 거 그만둬!'라고 속 시원하게 말도 못 했다. 그저 서로를 위로하고, 또 다독였다. 그저 '버티자' '조금만 더 힘내보자'라고 속삭였다.

그런 엄마와 아빠의 모습에 어릴 적 나는 분노했다. 부당함을 견디는 모습이 싫었다. 아픈 걸 아프다고 말하지 않는 부모가 답답했다. 아닌 건 아니라고 말하지 못하는 모습이 속상했다. 그 뒤로 조금씩 틀어지기 시작했다. 관사에 사는 대령 집 이모네에 반찬을 가져다주는 엄마를 보고 '내조하는 거야?'라고 했다가, 매몰찬 엄마의 시선을 받았다. 웃기지도 않는 이야기로 상사의 비위를 맞춰주는 아빠를 보고 '왜 그렇게까지 하는 거야?'라고 했다가 아빠의 허탈한 웃음을 듣기도 했다.

시간이 흐른 지금의 나는 '인생에서 부조리함은 빠질 수 없는 양념 같은 것'이라는 사실을 깨달았다. 재미없는 상사의 아

재 개그에도 웃고, 경청한다는 포즈를 취하고 있는 내 모습을 발견했다. 툭하면 '넵'만 발사하는 '넵'병 직장인이 되었다. 그러다가 견딜 수 없어 회사를 나왔지만, 아빠는 35여 년의 시간을 군대라는 조직에서 버텨왔고 엄마 또한 아빠 옆에서 늘 함께해 왔다.

삶은 이다지도 쉽지 않아서, 살아가는 게 가끔 정말 눈물 쏙나게 힘들어서, 자꾸만 부모의 삶이 떠오른다. 닮기 싫어했던 부분마저 닮아가고 있다. 한없이 작았던 부모의 모습이 큰바위얼굴이었다는 걸 깨달아가는 시간들.

 남아있는 밀크티, 그리고 카페라테를 단숨에 해치우고 각자의 자리로 돌아간다. 손님은 집으로, 나는 내 자리로. 각자의 자리에서 오늘도 잘 살아 내봅시다.

당신의 집에도
실과 바늘이 있나요?

공간에서의 체류 시간이 길어질수록, 정이 쌓이면 쌓일수록, 짐도 쌓여간다. 여길 봐도 한가득, 저길 봐도 한가득. 테이크아웃 컵은 1,000개씩 대량 구매만 가능하기 때문에 공간을 많이 차지한다. 한 아름 다 안기지도 않는 이런 박스가 세 개다. 테이블 밑에는 냅킨, 화장실용 두루마리 휴지, 손소독제, 물티슈, 카페 용품이 한가득 쌓여있다. 손을 걷어붙여서 이리저리 짐을 옮기고, 겹치며 힘겹게 테트리스 게임하듯 정리했다. 얼추 마무리되었나 하고 주변을 바라보니, 위치만 바뀌었을 뿐 그대로다. 안 되겠다. 이게 최선인가 봐. 하루를 힘겨이, 기꺼이 마무리하고 집으로 향했다.

현관문 센서등이 깜빡이고, 현관 너머로 보이는 집안 풍경에 또 마음이 무겁다. 사방 어디나 묵직하다. 장난감, 책, 온갖 서류뭉치들이 눈에 들어왔다. '오늘은 한도 초과야. 눈에 그만 좀 밟혀라.' 이런 나의 간절함은 통하지 않았다. 그 자리에 오롯이 버티며 자리를 차지했다. 피곤함을 뒤로하고 이리저리 짐을 옮기고, 겹치고 힘겹게 다시 테트리스를 해낸다. 얼추 마무리되었나 하고 주변을 바라보니, 역시나. 위치만 바뀌었을 뿐 그대로다.

인테리어가 잘되어 있는 카페나 집이 담긴 사진을 바라보고 있노라면 '내 카페랑 바꿨으면 좋겠다', '우리 집이랑 바꿨으면 정말 좋겠다' 생각한다. 하얗고, 고즈넉하고, 정갈하고도 단정한 그런 공간이 부럽다. 비움이 최고의 인테리어라는 말도 있는데, 언제 어느 순간 이런 짐들이 모였을까? 카페에 차곡차곡 쌓이는 온갖 도구들과 용품들, 잡다한 것들. 집안에 쌓이는 계절별 옷과 장난감, 책, 그리고 서랍 어딘가에 있는 이름도 생각 안 나는 것들.

날이 싸늘해져 코트를 집어 들었다. 단추는 달랑달랑 겨우 목숨줄을 붙잡고 있었다. 실과 바늘이 어디 있었더라? 달랑거리는 단추를 보고, 실과 바늘을 찾지 못하고, 무시하고 또 지내기를 2주간 반복하고 나니 단추가 사라졌다. 코트 안감에 달려있던 단추를 꺼냈다. 그리고 서랍을 뒤적거렸다. 30분여 간의 사투 끝에 일회용 반짇고리를 찾았다. 생각해 보니 6년 전 출장지 숙소에서 가져온 일회용품이었다. 옷감과 비슷한 색의 실을 꺼내 서툰 솜씨로 단추를 달았다. 바느질이 영 어색해서 쩔쩔맸지만, 여차여차 마무리했다. '음, 괜찮네 뭐.' 반짇고리를 다시 서랍 깊숙이 넣어둔다. 반짇고리를 언제 다시 꺼내게 될까?

그러다 문득 이런 생각이 들었다. '실과 바늘을 일 년에 몇 번이나 사용하지?' 무려 6년 만에 반짇고리를 찾았는데. 나에게 '실과 바늘' 같은 물건은 얼마나 많을까? 우리는 왜 일 년에 한 번 쓸까 말까 한 것들을 사고, 모으고, 수집하고, 쟁여두는 걸까? 어쩌면 물건을 통해서 불안을 해소하는 걸까. '필요할 때 없으면 안 되잖아.' 이 마음 하나로, 그 사소한 불안감 하나로 물건을 사 모으는 건 아닐까.

미니멀 라이프를 마음먹어도 좀처럼 되지 않았다. 옷장을 볼 때마다 한숨이 나오지만 '살 빼면 입을 수 있어' '비싸게 줬는데 누구 주긴 아까워' '아직 버릴 정도로 옷이 상하진 않은 것 같아'라는 이런저런 핑곗거리로 옷장을 정리하지 못했다. 비단 옷장뿐일까. 점차 늘어나는 서랍과 가구, 수납함을 보면 착잡하다. 물건을 위해 기꺼이 나의 공간을 내어주고, 물건을 위해 기꺼이 그들의 집을 만들었다. 그리고 이제는 집을 비워 주라고 말해도 비워주지 않는 그들을 향해 속만 타는 건 나뿐이다. 물건을 소유하는 게 아니라, 물건이 나를 소유하는 느낌이다.

구차하게 변명을 붙여본다. 불안감을 느끼는 건 우리의 본능이고, 그 불안감을 해소하고자 물건을 모으는 것 또한 우리의 본능이라고. 그러니 소비하고, 소유하고자 하는 건 우리의 삶의 하나의 방식이라고. 물론, 지나치면 물건에 휘둘리겠지만.

떡볶이 두 개 포장해 주세요
이인분 말고 두 개

　초등학교 3학년 때, 그러니까 나이로 치면 10살 때의 일이다. 학교 앞에는 문구점 하나가 있었다. 동네 유일한 문구점이었고, 그곳에는 욕쟁이 할머니가 있었다. 할머니는 초등학생들을 상대하느라 욕을 버럭버럭 내뱉는 게 일상이었다. 불친절한 서비스에도 불구하고 하나밖에 없는 문방구라 모두 할머니에게 굽신거렸는데, 그렇지 않으면 준비물을 팔지 않았기 때문이다. 그 당시 한달 용돈은 1,000원이었는데 꾀돌이, 호박엿 같은 불량식품들은 개당 50~100원씩이었다. 용돈은 늘 부족해서 안 사고 미적거리고 있으면 할머니한테 혼이 나곤 했다.

"돈 없으면 나가라, 이것들아!"

얼마 뒤 문구점 공간이 절반으로 줄어들고 분식점이 생겼다. 학교 앞에 분식점이 생기자, 난리가 났다. 피카추 돈가스부터 떡볶이까지 없는 게 없는 그곳! 떡볶이는 1인분에 1,000원이었지만 개당 50원에 팔기도 했다. 떡볶이 철판 앞에는 이쑤시개가 놓여있었고, 원하는 개수대로 먹고 돈을 내면 되었다. 내 수중에는 딱 100원이 있었다. 나는 떡볶이 두 개를 먹겠다고 말했다. 떡볶이를 팔던 아주머니는 내게 이쑤시개를 내미셨다. 나는 이쑤시개를 거절하고 "이모, 이거 봉지에 넣어줄 수 있어요?"라고 물었다. 이모는 두 눈이 휘둥그레지면서 나를 빤히 쳐다보았다.

"떡볶이 1인분도 아니고, 떡볶이 두 개, 그러니까 떡 두 개를 포장해달라고 하는 거야?" 이모가 나를 바라보는 시간이 길어지고 나는 움츠러들었다. '이렇게 말하면 안 되는 건가 봐. 어떻게 하지?' 때마침 옆을 지나가던 할머니도 이 상황을 보고 있었다. 할머니는 문방구로 들어가 일회용 봉지를 들고 와서 내게 건넸다. 이모는 어이없어하면서도 떡볶이 두 개를 담아주었다. 봉지 속 떡볶이가 식을까 얼싸안고 집까지 40분 넘게 걸리는 거리를 총총거리며 돌아왔다. 가끔은 뛰기도 하면서. 집에 도착하자마자 방에 들어가 하나를 입에 넣고 우물거렸다. 식은 데다가 말라버린 떡의 맛은 조금 서글펐다.

대학생이 되어 문구점을 다시 찾아갔다. 지갑이 두둑한 만큼 당당했다. 욕먹을 걸 각오하고 들어갔지만 의외로 평화로웠다. 할머니는 너무나 친절했고, 상냥했고, 그래서 어색했다. 문방구에는 엄청난 인플레이션이 들이쳐, 꾀돌이 하나에 500원이나 했다. 흥청망청 물건을 고르고 만 원을 건넸다. 할머니는 주섬주섬 앞섬에서 잔돈을 고르더니 동전을 만지작거렸다.

"이게 백 원인고, 오백 원인고? 니가 함 봐라." 똑같은 동그란 동전으로만 보이는 잔돈 앞에서 한없이 작아지는 할머니는 너무도 연약해 보였다. 생각해 보면 할머니는 참 웃음이 많은 사람이었다. 문방구 뒤편 나무에서 딴 자두를 한 봉다리씩 팔았는데, 맛있다고 하면 너무도 좋아하셨다. 자두 두어 알을 더 주며 '맛있게 먹는 모습이 좋네, 더 무라' 말씀하시기도 했고, 준비물이 뭐였는지 까먹어서 우물쭈물하고 있으면 '니 몇 학년이고? 그럼 이거 들고 가라' 맞춤형 서비스를 제공해주기도 했다.

돌이켜보면 '욕쟁이 할매'라는 별명 뒤에 숨겨진 할머니의 배려가 있었다. 할머니에게 달린 그 무시무시한 별명 뒤에 숨겨진 할머니의 진짜 모습이었다. 요즘도 떡볶이를 먹을 때마다 할머니가 생각난다. 그 일회용 봉다리. 나는 왜 떡볶이 두 개를 포장해달라고 했을까? 왜 그 자리에서 먹지 않았을까? 침을 꼴깍꼴깍 삼키며 포장해달라는 나를 본 할머니는 무슨 생각을 했을까? 나조차 모르던 나의 마음을 할머니는 알고 있집에가서 먹어야지!!!

었을까?

그 뒤 몇 해가 더 지나고, 갑자기 문구점 할매가 보고 싶을 때마다 찾아갔다. 문구점은 외관의 어떠한 변화도 없이 그 자리 그대로였다. 무너지기 일보 직전 상태. 문은 매번 닫혀있었다. 언제 한 번은 문이 열려있어 들어가 보니 어떤 남자가 있었다. 옛날의 할머니는 늘 집의 안방과 연결된 마루에 앉아있었는데, 그 뒤편에 앉아있던 아들 같았다. 내가 마지막으로 본 할머니의 얼굴을 떠올리며 문구점을 한바퀴 돌았고, 옛 모습 그대로 남아있는 꾀돌이만 한 아름 사 들고 나왔다. 나에게 이토록 진한 기억을 남기는 할머니. 별거 아닌 문구점에서의 인연이 이토록 오랫동안 내게 추억으로 되돌아올 줄이야. 나도 그런 추억의 장소를 만들 수 있을까, 나도 그런 주인이 될 수 있을까? 할머니에게 추억만 받은 게 아니라 삶의 방향마저 선물로 받은 기분이었다.

2L짜리 텀블러

창밖으로 빨간 단풍나무가 세차게 흔들렸다. 난방기를 가동한 카페&서점은 훈훈하다. 가을이 짧아 아쉽다. 선선하고도 따스한 가을에는 냉난방기를 안 틀어도 되는데, 겨울이 성큼 다가와 냉난방기는 쉴 틈 없이 가동 중이다. 윙윙윙~.

'딸랑.' 오늘의 손님이 입장했다. 자매 사이인 단골손님이다. 늘 그렇듯 아이스 바닐라라테를 주문한 손님에게 환하게 웃으며 말했다. "역시, 얼어 죽어도 아이스! 저도 '얼죽아'파인데 동지네요." 손님들이 키득키득 웃더니 에코백에서 주섬주섬 텀블러를 꺼냈다. "하나는 여기 텀블러에 담아주세요." 카운터 위에 올라온 텀블러를 보고 옆에 언니가 말했다. "야, 이건 너무하다. 내가 민망하네." 왜 그러나 하고 텀블러를 보니 '2L 초대형' 텀블러다. 언니의 말에 동생은 슬그머니 에코백에 넣으려고 했다. "아니에요! 여기! 제 텀블러를 보세요!" 급박한 상황에 내 목소리가 커진다. 손님 두 명은 한 손으로 다 잡히지도 않는 거대하고도 묵직한 텀블러를 보더니 웃는다. "텀블러 가져오시는 용량대로 담아드리니까, 더 큰 것 들고 오셔도 돼요!"

요사이 매장을 찾는 손님들에게 많은 변화가 생겼다. 때마침 컵홀더가 떨어져서 "냅킨으로 조금 감아드려도 괜찮을까요?"라고 물었더니 손님은 그게 뭐가 문제냐는 듯 "컵홀더가 없으면 더 좋죠"라고 답했다. 세트처럼 나가는 일회용 빨대를 두고서도 "빨대는 괜찮아요"라고 말하는 손님도 생겼고, "후딱 마시고 갈 거니까 컵에다가 담아줘요"라고 말하는 손님도 많아졌다.

매장에 쇼핑백이 떨어졌을 때는 이런 글을 인스타그램에 올린 적도 있었다. "우리 카페&서점에서는 쇼핑백을 재활용하려고 합니다. 혹시 집에 안 쓰시는 쇼핑백이 있다면 가져다주세요." 다음날 100여 장의 쇼핑백이 생겼다. 쇼핑백은 알록달록하고 크기도 가지각색에 브랜드도 다양했다. 치킨, 빵, 햄버거, 옷, 신발 등등.

어느새 카페&서점도 환경을 지키는 다양한 활동을 하게 되었다. 텀블러를 용량대로 담아드리는 것부터, 재활용 쇼핑백과 포장지 활용하기, 스테인리스 빨대 쓰기, 카페 주변 마을 청소하는 일까지. 분명히 고백하건대, 혼자라면 생각지도 못했을 일이다. 바쁘고 힘든 일상에 환경을 생각할 여력이 어디 있단 말인가. 그러나 손님들은 직접 행동으로 보여주며 함께하자고 말했다. 컵홀더와 빨대를 거부하고, 텀블러를 사용하고, 냅킨 대신 손수건을 들고 다니면서. 이제 나는 더 고민하게 된다. 손님이 건네준 선한 영향력을 얼마나 어떻게 되돌려줄 수 있을까?

줄이 있는
이어폰

    나는 줄이 있는 이어폰을 고집한다. 무선 이어폰을 분실하면 안절부절못하는 손님들을 바라보니 줄이 있는 이어폰이 차라리 마음 편하다. 줄로 연결된 게 얼마나 큰 안정감과 편안함을 주는지 모른다.

    얼마 전 휴대전화를 바꿨다. 갤럭시 인생에서 난생처음 아이폰으로. 카페&서점을 운영하는 데 있어서 생각보다 사진을 많이 찍게 되는데 그때마다 손님들로부터 '사장님 아이폰으로 갈아타세요'라는 말을 들었다. 아이폰만이 주는 색감과 감성이 있다면서. 때마침 특별가격으로 나온 아이폰으로 바꿨다. 아니, 그런데 이게 무슨 일인가. 유선 이어폰을 끼우는 단자가 없었다.

"아니, 이게. 기계가 혹시 잘못 나온 걸까요?" 손님들은 하나같이 "사장님 도대체 몇 살이세요?"라고 되물었다. 아이폰, 갤럭시 할 것 없이 최근 전자기기 트렌드가 심플이기 때문에 이어폰 단자가 없다고. 청천벽력 같은 소식에 어쩔 줄 몰랐다. 가방에서 있는 이어폰에게 뭐라고 말하지? 아직 쓸만한데.

이어폰 없이 몇 개월이 흘렀다. 가방 속 잠자고 있던 이어폰은 수많은 USB 선이 잠자고 있는 수납함에 들어갔다. 이어폰 없이 사니 살만하다가도 불편했다. 그러다 저렴한 무선 이어폰을 구매했다. 거금 15,000원을 들여서.

기다림 끝에 손에 쥔 무선 이어폰에서는 중국어 안내음이 흘러나왔다. 한참이나 무선 이어폰을 가지고 낑낑거리고 있는데, 뒤에서 짝꿍이 나타났다.

"우와, 콩나물(*에어팟을 지칭하는 말) 샀어?"

그러다 픽 웃었다.

"콩나물이 아니라 숙주나물이었네."

저놈의 인간. 휴~. 줄이 있는 이어폰이 사무치게 그리운 밤이다. 치얼스.

추신,

아이폰으로 갈아탔지만 여전히 사진은 아이폰 감성이 나지 않는다. 아이폰으로 갤럭시 감성을 내는 사진만 찍곤 한다.

돌을 이어
너의 집을 지어줄게

'할아버지의 재산이 손자의 성공을 결정한다.'

친구로부터 이 말을 처음 들었을 때 나는 스물다섯이었다. 그때는 무슨 그런 어이없는 말이 다 있나 생각했지만, 고작 1년이 지나서 깨달았다. 정작 터무니없는 말을 하는 건 나 자신이라고. 공감하기 싫지만, 동의하기 싫지만, 인정하기는 지독히 싫지만.

손님들은 온통 부동산 이야기만 한다. 조부가 손자에게 건물을 물려줬다느니, 얼마 전 분양한 아파트의 청약은 넣었는지,

애가 둘밖에 안 되는데 특별공급 대상자는 되는지, 전세가가 얼마나 올랐다느니, 전세가를 맞추느니 대출을 받아 매매하겠다느니, 대출이 안 나와서 죽겠다느니, 매매가가 미친 듯이 올라서 근로소득으로는 어림도 없다느니 하는 이야기들이 쉴 새 없이 공기 속을 떠돌아다닌다. 숨쉬기가 버겁고도 무겁다.

은행에 갔다. 직업이 뭐냐고 묻길래 자영업자라고 답했다. 은행원은 매장의 매출이 얼마나 나오냐고 물었다. 우물쭈물하다가, 옆에는 안 들리게 조용히 읊조렸다. 은행원은 얼마의 대출을 원하냐고 물었다. 나는 처음으로 되물었다. "얼마까지 되나요?" 은행원은 회사원도 아니고, 매출이 높은 것도 아니라서 아마 대출이 불가능할 것 같다고 했다. 개인신용대출은 안되냐고 묻자, 은행원은 고개를 저었다. 회사원으로서 고정적인 월급이 나오는 것도 아닌 일반 자영업자. 그것도 매출이 초라하기 그지없는 자영업자에게는 신용도, 대출도 없었다.

며칠 뒤 부모님을 만나러 갔다. 저 멀리서 차가 오는 소리를 듣고 일찌감치 나와계시는 부모님을 보였다. 창문을 열어 "어떻게 알고 나왔어?"라고 묻자 엔진 소리만 들어도 안다는 부모님이 참 반갑다. 내가 운전석에서 채 내리기도 전에, 아빠는 트렁크에 있는 캐리어를 꺼내 집 안으로 옮긴다. 아빠의 환대에 웃음만 나온다. "아빠, 그거 무거워!" 아빠는 듣지도 않고 축지법을 쓰듯 집으로 걸음을 옮겼다. 나는 빈손으로 아빠의 뒤를 따라갔다. 식사하다가 나도 모르게 부동산 이야기를 꺼냈다. 고작 듣기만 한 이야기가 내 이야기처럼 쏟아져 나왔다. 요새 진주 집값이 예전 같지 않다느니, 내가 살집은 어디 있는 걸까, 무주택자인 데다 자녀도 있는데 왜 분양은 안 되는 거냐 하소연했다. 아빠는 그저 잠자코 듣고만 있다가 "네 집은 아빠가 지어주는 건데…" 한마디 할 뿐이었다. 철딱서니 없는 딸은 "요새 누가 집을 직접 지어, 집을 사주면 모를까?"라고 툭 뱉었다. 아빠는 "그렇네"라고 답했다.

아빠의 아빠, 그러니까 할아버지가 결혼할 때는 할아버지의 아빠가 집을 직접 지어주었다고 한다. 새벽 일찍 일어나 농사를 지으러 가서 해가 뉘엿뉘엿해질 때쯤 농사일을 마무리하고, 산 여기저기 흩어져 있는 큰 돌들을 모아 더 어두워지기 전 산 중턱에 돌들을 쌓아놓으면서 조금씩, 조금씩 돌들을 이어 한 줄, 한 줄 쌓아 올렸다. 그렇게 쌓은 집은 할아버지가 장가갈 때 신혼집이 되었다. 아빠는 8남매 중 셋째로 태어났다. 추운 겨울 어느 날, 할아버지는 아빠의 손을 꼬옥 잡고 "언젠가 너의 집은 내가 지어주마"라고 약속했지만 지켜지지 못했다. 아빠는 아직도 그 말을 잊지 못했다.

옛날에는 다들 그렇게 집을 지었다. 골조는 어떻게 잡는지, 돌은 어떻게 쌓는지 구구절절 설명하던 아빠는 돈도 없고, 땅도 없고, 돌마저 없는 지금 이 상황에서 얼마나 불가능한 이야기인지, 어려운 일인지 잘 알면서도, 해줄 수 있는 건 말로 하는 집 짓기밖에 없어서.

3부

지금 사랑을
담는 중입니다

자영업자의
육아휴직

임신하고 기쁨과 우려가 교차했다. '영업은 어떻게 하지?'
걱정은 삽시간에 사라지고 말았는데, 임신 초기의 졸음증세로
고민할 여유가 없었다. 한 것도 없는데 정말이지 피곤했다. 손
님들이 없으면 테이블 하나에 팔을 베고 엎드려 누웠다. 그러
다가 손님들이 그냥 나가는 일도 있었다. 그 뒤로는 카운터 뒤
구석에 앉아 졸았다. 끼니는 거르지 말아야 한다는 생각에 김
밥을 사 들고 출근했지만 입덧이 너무 심해 먹고 토하기를 반
복했다. 카운터에서 주문하고자 하는 손님을 내버려 두고 화

장실로 뛰어가기도 했다. 그날의 원두가 어떤지, 내린 커피 맛은 어떤지 알기 위해 매일 아침 에스프레소를 내렸지만, 커피를 마시지 못했다.

임신 중기, 체중이 20kg가량 늘었다. 만삭의 몸이나 다름없었다. 낮에는 김밥으로, 저녁에는 배달 음식으로 허기를 채우고, 카페를 지키느라 온종일 앉아있으니 체중만 불었다. 카페를 휴업해야겠다고 진지하게 고민했다. 하지만 막막했다. 월세, 관리비, 전기세 등 수많은 고정비 지출이 걱정이었다. 가정집과 다르게 카페는 전기를 사용하지 않아도 비용이 부과된다. 상업용 전기 계약에 따라 기본요금 4~5만 원 정도가 매월 발생하기 때문이다. 게다가 인터넷 약정과 남은 카페 재료들도 처리하기 곤란했다. 그러던 어느 날 카페로 출근하기 위해 운전대를 잡는데, 불러온 배 때문에 핸들에 손이 닿지 않았다. 아, 출근이 불가능해졌네. 그날로 곧장 휴업을 결정했다. 독서 모임이나 그림 그리기 모임이 있는 날만 가게를 열었다.

출산, 무려 4kg대 우량아를 낳으며 그날 산부인과에서 1등을 했다. 휴업을 결정한 뒤로 더 잘 먹고, 더 잘 자고, 더 잘살아서인지 체중은 10kg 더 늘었다. 4kg대 우량아를 출산했는데 체중은 오히려 2kg 늘었다. 아이는 3시간마다 배고프다고 울었다. 낮에만 3시간마다 우는 게 아니라 24시간 중 3시간 간격으로 울었다.

12월의 마지막 주, 아이를 부모님께 맡기고 카페를 열었다.

오랫동안 문을 닫아두면 손님들이 떠날까 봐 두려웠다. 타지에서 남편이 벌어다 준 월급을 비어있는 공간의 월세로 내는 게 무척 아까웠다. 생계에 대한 두려움도 생겼다. 이젠 둘이 아닌 셋이니까. 하지만 출근한 지 한 시간도 안 되어 젖이 차올라 빵빵하게 부어있었다. 이러다 터지는 건 아닐까 걱정되면서 또 고통스러웠다. 갓 태어난 아이를 다른 사람의 손에 맡기고 왔다는 죄책감은 그 이상으로 나를 짓눌렀다. 카페를 지키며 앉아있는 시간이 버겁고 힘들어졌다. 그렇게 온종일 카페를 지키며 올린 매출은 0원. 몇 개월 휴업한 영향이 그대로 드러났다.

연장 휴업을 결정했다. 단골손님과의 독서 모임만 문을 열었다. 그 생활은 아이가 3살이 될 때까지 이어졌다. 가끔 아이를 데리고 카페&서점에 출근할 때면, 아이가 일을 도와주기도 했다. 행주로 테이블을 닦거나, 손님들이 읽고 간 책을 가지런히(?) 정리했다. 그래서 알바로 채용하기도 했는데, 손님들 사이에 '쪼꼬미 알바생'이라고 소문이 났다. 손님들이 뽀로로 빵이며 초코바며 간식을 가져다줘서 알바생은 무척이나 행복하게 일했다. 그런 알바생을 바라볼 때면 만감이 교차했다.

아이가 나를 바라본다. 손님이 준 마카롱 하나를 들고서 봉지를 뜯어달라는 무언의 눈짓을 보낸다. 손님에게 감사하다는 인사를 건네고 봉지를 뜯어준다. 아이는 마카롱을 꺼내어 크게 한입 깨물어 먹는다. 온 혀를 아릿하게 하는 단맛에 그저

좋아하는, 너무 좋아서 돌고래 소리를 내는 아이를 그저 바라본다.

남편이 없었더라면 어떻게 되었을까? 육아휴직도 없는 수많은 자영업자는 어떻게 버티고 있을까? 아이를 온전히 돌보지 못한다는 죄책감, 아이를 일찍 어린이집에 보내서라도 가게 문을 열었지만, 돌아온 매출장부에서 오는 허탈함은 어떻게 견딜까? 온종일 일을 하다 집에 들어가 집안일도 하고 아이를 돌보는 삶의 무게는 어떻게 지탱할까?

나는
너의 엄마니까

"사장님 도대체 몇 시에 주무세요?" "제발 쉬면서 하세요."

손님들로부터 걱정 어린 말을 듣는다. 그도 그럴 게 손님들과 함께하는 독서 모임, 그림책 모임, 랜선 필사 모임 등등 온갖 활동들로 하루가 빡빡하게 굴러가기 때문이다. 그럴 때마다 "체력 하나는 끝내줘요"라며 씩씩하게 답한다.

오늘은 아이가 카페&서점으로 하원했다. 이제는 익숙한 듯 어린이집 차에서 내려 당당하게 엄마의 카페로 문을 열고 들어섰다. 한 시간가량 아이와 시간을 보낸 후 문을 닫고 진주시청에 들렸다. 그동안 미뤄왔던 온갖 일들을 처리하기 위해. 아이를 끌고 1층 민원실에도 갔다가, 4층 회계과, 소상공인지원팀에도 갔다. 자리를 이탈하려는 아이의 외투를 잡아끌기도 하고 느릿느릿 조그마한 걸음이 답답해 둘러업기도 했다. 일을 마치고 레이싱카를 몰듯 액셀을 밟았다. 오래된 차는 부르르 떨리는 소리를 내며 힘겹게 속도를 올렸다. 마감 시간 직전 도착한 세무서에서 세금 신고를 위해 직원에게 이것저것 물었다. 아이는 기다림에 지쳐 큰 소리를 냈다. 주변의 눈치에 서둘러 아이의 입을 막았다. 휴대전화에 유튜브를 틀어 아이에게 건네주지만 아이는 쉽사리 진정하지 않았다. "조용히 해!" 이내 의기소침해졌다. 그러다 동영상에서 흘러나오는 흥겨운 뽀로로 노래에 히히거렸다.

일을 마치고 아이와 함께 주차장으로 갔다. 아무것도 모른 채 말간 눈으로 나를 바라보고 있는 아이. 엄마가 혼내도, 내내 끌고 다녀도, 놀아주지 않아도 말간 사랑의 눈빛으로 쳐다보는 아이. 하루 종일 내 뒷모습만 보던 아이. 그런데도 안아달려들 듯 두 팔을 벌리며 '엄마'를 부르는 아이. 차에 등을 기대어 그대로 주저앉았다. 그리고 두 다리에 얼굴을 묻고 엉엉 울었다. 죄책감과 슬픔, 무력감, 모든 교차하는 감정들이 휘몰아쳤다.

나는 내게 주어진 하루를 정말 감사히, 그리고 열심히, 치열하게, 또 오롯이 보내는 중이다. 주말부부 중인 한 아이의 엄마이자, 카페&서점을 운영 중인 자영업자, 그리고 그것들을 제외한 오롯한 나 자신. 내게 주어진 이 모든 역할을 하루하루 수행하고 있다. 오전 7시에 일어나 아이를 씻기고 아침을 먹여 9시 등원을 시키고, 9시 30분 카페&서점 문을 연다. 청소하고 나면 부지런히 영업활동을 한다. 손님이 없는 시간에도 투잡, 쓰리잡, 포잡을 찾는다. 여유가 된다면 책도 읽고 그림도 그린다. 그러기를 하다 보면 어느덧 하원 시간이다. 눈물을 머금고 영업시간을 단축한다.

집에 돌아와 밀린 집 청소와 집안일을 끝낸다. 빨래를 돌리는 동안 아이에게 저녁을 먹인다. 아이를 씻기고 책을 두어 권 읽어준다. 그리고 오후 9시, 오지 않는 잠을 청한다. 아이가 고른 숨을 내뱉으면 일어나 밀린 집안일들을 한다. 카페에서 판매할 시럽이며 청을 만든다. 그렇게 하다 하다 더 이상 버틸 힘이 없으면 터덜터덜 아이 옆으로 오지 않는 잠을 청하러 간다.

하루를 되돌아보며 의문투성이로 마무리한다. 한 아이의 엄마로서 역할을 잘 수행하고 있는가? 카페&서점 사장으로 일하면서 내 생계는 유지하고 있는가? 오롯한 나로서의 시간을 보내고 있는가? 무엇보다도 나를 힘들게 하는 건 죄책감이다. 내 인생은 내가 책임지면 되지만, 내게 모든 걸 맡기는 저 순수한 아이. 나에게 모든 걸 의존하고 의지하는 어린아이에게 나는 무얼 해주고 있는가? 엄마는 이런 나를 두고 말한다.

"아이를 낳는 순간 죄책감은 항상 엄마의 주요한 감정이 되어버리곤 하지. 아이가 감기에 걸려도, 아이가 책상 모서리에 부딪혀 아프다고 울어도 떡을 먹다가 체해도, 입맛 없다고 밥을 잘 못 먹어도, 교우관계로 힘들어해도, 공부가 마음처럼 잘 안된다고 해도, 사회가 너무나 모질다고 해도 그 모든 게 엄마의 책임인 것 같고, 엄마의 잘못인 것 같고, 엄마가 못 해준 것 같다고 여기지. 그 죄책감이라는 감정은 이상하게 늘 엄마의 곁에 따라오곤 해. 하지만 어쩔 수 없는 일이야. 나는 너의 엄마니까."

좋은 엄마란 무엇일까? '좋은'이란 무슨 의미일까? 하루 종일 곁에 있어 주지 못해도, 동화책을 충분히 못 읽어줘도, 매일 맛있는 밥상을 차려주지 못해도, 교육비로 많은 걸 내어줄 수 없어도, 그저 가족이라는 이름으로, 엄마라는 이름으로 그 곁에 있다는 것만으로도 좋지 아니한가. 되려 아이에게 엄마는 정말 열심히 살고 있다고, 하루하루 정말 잘 살아내고 있다고, 대견하다고 여길 정도로 하루를 오롯이 잘 살아내고 있다는 것을 보여주는 것도 나쁘지 않다고, 스스로 말해본다.

일상이 쓰라린

 카페에서 판매할 딸기청, 밀크티 시럽 만드느라 종일 부산을 떨었다. 딸기를 송송 썰어서 설탕에 담갔다. 홍차 잎을 장시간 우린 다음, 면천에 대고 홍차 잎을 거르고, 뜨거울 때 쥐어짠 후 나만의 시크릿 레시피로 숙성시키고 우려내 시럽으로 마무리. 이것저것 음료 재료들을 만들고 나면 새벽 1시. 딸기청을 담그고 밀크티 시럽을 만드는 동안 주야장천 설거지를 했는데도 설거짓거리가 한 아름이었다. 큰 냄비며 이것저것 조리 도구를 씻고 열탕했다. 무언가를 만들어 내는 일에는 이토록 손이 많이 간다.

다 마무리하고 나니 그제야 내 손이 보였다. 중간중간 냄비에 댄 옅은 화상 자국도. 손목을 너무 많이 비틀어서인지 손이 덜덜 떨리기까지 했다. 그런 손으로 커피를 나르다 손목에 힘이 빠져 왕창 쏟아버리기도 했다. 글씨체도 예전보다 삐뚤빼뚤한 것 같기도 했다. 이 모든 일이 카페 사장으로 불리기 위해 적응하는 과정이라고 생각했다. 상처투성이인 손이 자랑스러웠다. 파들파들 떨리는 내 손목이 열심히 일한 증거라고 여겼다.

하지만 눈을 질끈 감게 되는 통증, 쓰라린 손의 감각에 고개를 젓게 된다. 이게 과연 적응하는 과정인 걸까? 고통에 무뎌지는 시간일까? 아니, 무뎌지긴 하는 걸까?

결혼하고 얼마 지나지 않아 요리가 하고 싶어졌다. 이런저런 고민 끝에 초보자에게 조금 난이도 있는 닭볶음탕을 저녁 메뉴로 결정했다. 네이버와 유튜브를 뒤져가며 최상의 레시피를 찾았다. 생각보다 많은 재료가 들어가는데, 결혼할 때 엄마가 챙겨준 양념장이 도움이 되었다. 멸치, 다시마 등등 육수를 내는 온갖 재료들과 고운 고춧가루와 굵은 고춧가루, 온갖 간장 종류들과 액젓들, 다져서 얼려놓은 마늘과 생강 등등. 요리의 세계는 신기하게도 이 모든 재료를 적정 비율로 섞어야 했다. 단 하나의 재료라도 빠지면 당장 요리를 멈출 수밖에 없던 초보 요리사. 그때마다 만능이 되어준 건 엄마의 양념장 꾸러

미였다.

어느 날 땡초를 송송, 아니 와장창 썰어 넣은 매콤한 닭볶음탕이 당겼다. 남은 양념장으로 밥을 비벼 먹으면 정말 꿀맛일 것 같았다. 냉장고에서 땡초봉투를 찾아 탈탈 털었다. 땡초는 한 10개 정도면 되겠지? 10개를 송송 썰어 보글보글 끓어오르는 닭볶음탕에 넣었다. 매콤함이 올라오는 냄새에 군침이 돌았다. 나름 맵부심이 있는지라 냠냠 꿀꺽 맛있게 먹었다.

그런데 순간 두 손이 아파오기 시작한다. 손바닥, 손등, 손가락, 마디마디가 저리고 쓰렸다. 생무를 갈 때 쓰는 강판에 내 손을 밀어 넣은 것 같은 통증. 피부에 조금만 닿아도 화상을 입은 듯 아렸다. 찬물에 담가도, 로션을 발라도 봤지만, 효과가 없었다. 잠이 주는 마취제로 겨우 견뎠다. 통증은 일주일간 지속되다 가라앉았다.

얼마 뒤 야밤, 땡초라면이 급하게 당기는 시간. 냉장고에서 땡초를 털어 넣어 라면을 끓였다. 맛있게 먹고 설거지하려다 보니 또 손이 아렸다. 아, 이쯤 되면 깨닫는다. 내 통증의 주범은 바로 이 땡초, 매운 고추가 아닐까? 이럴 때의 지식in, 엄마에게 당장 SOS를 쳤다. 딸의 다급한 목소리에 놀란 엄마는 푸훗 웃었다. "내가 너를 너무 사랑한 증거지. 너를 너무 곱게 키운 거지, 뭐. 땡초 만졌지? 땡초가 네 손에 매운맛을 주었구나. 요리를 하다 하다 보면 매운맛이 손에 적응돼서 점차 괜찮아질 거야."

처음 알았다. 손이 매운 거라는 걸. 손이 매워서 쓰리고 아
픈 거구나. 그날 이후 주부로 산 기간이 늘어날수록, 누군가의
엄마로 불리는 시간이 조금씩 쌓일수록 내 손도 적응하고 있
었다. 뜨거운 건 덥석덥석 잡아내고, 땡초 10개를 썰어도 아무
런 통증이 없고, 큰 솥이며 냄비 등 무거운 것을 이고 나르는
것도 가뿐해졌다.

　엄마가 되는 동안, 나의 엄마의 시간을 생각해보게 된다. 엄

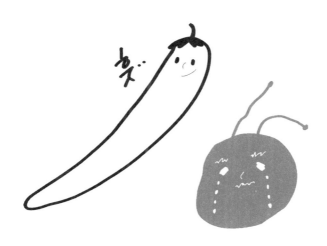

마도 그랬겠지. 내가 30살을 먹어가는 동안, 엄마는 30년 동안 엄마의 자리를 위해 무뎌졌겠지. 손도 내놓고, 손목도 내놓고, 어깨도 내놓고, 허리도 내놓고, 다리도 내놓았다. 그리고 그 희생의 결과로 엄마라는 이름의 만능키가 탄생했다. 뜨거운 것도 덥석 잡고, 일상의 자질구레한 물건도 휙휙 찾고, 무거운 솥이며 김장 대야며 확확 들고, 한 손으로는 아이 준비물에 학교 가방에 온갖 짐을 들고 다른 한 손으로는 아이를 업어 드는 그런 강인함이 생겨났다. 그제서야 내놓은 손과 손목, 어깨와 허리, 다리 그 모든 게 아프기 시작했다. 무뎌지는 게 아닌, 버텨왔던 지난날의 세월 흔적들이 이제야 조금씩 상처를 내보였다.

　나라는 사람, 엄마라는 역할, 카페 사장이라는 직업. 그 모든 것을 이루는 온전한 나의 하루를 살기 위해 오늘도 나는 엄마가 건너간 그 길을 걷는다.

지금 사랑을
담는 중입니다

　포항에서 손님이 왔다. 타지에서 온 손님은 정말이지 오랜만이라, 더 반가웠다. 외딴곳에 어떤 연유로 오게 된 걸까? 순전히 궁금해질 때가 가끔 있는데, 오늘의 손님은 내게 먼저 답을 건네주었다. "주변에 놀러 왔는데, 갈만한 곳이 없더라고요. 마침 검색을 해보니까 여기가 나와서 들렀어요." 그러셨구나. 인터넷상 많고 많은 카페&서점 중에 이곳이 눈에 띄어 오게 되다니. 아, 반가워라!

　자그마한 8평 공간, 손님은 찬찬히 그리고 신중하게 둘러보

았다. 한쪽 벽에는 손님들이 써준 편지가 다닥다닥 붙어있다. 그 옆에는 책들이 주르륵 진열되어 있는데, 책 표지를 보이게 전면 진열을 했었지만 지금은 책이 점차 늘어나 책등만으로도 빽빽하다. 책 반대편에는 때수건, 스티커, 메모지, 인테리어 데코 용품, 텀블러 등등 잡다한 것들이 가득 들어차 있다. 나름 주인장의 독특한 안목으로 고른 것들이라 보는 재미가 쏠쏠하다. 손님은 한참 둘러보다 커피를 한 잔 주문한다. "헤이즐넛 커피 한 잔 주세요."

타지에서 온 손님 중에는 문 열고 들어왔다가 금방 돌아가는 사람이 있다. 생각보다 오지에 있는 데다가, 공간도 협소하고, 사진 찍기에 구도가 안 나오는 모호한 공간구조, 아주 무난한 커피 메뉴들과 책, 잡다한 소품들을 보고 곧장 되돌아선다. 하지만, 시간을 들여 찬찬히 둘러보는 사람은 이 작은 공간에 나름의 재미가 있다는 걸 알게 된다.

"골라, 골라, 다 골라보세요!" 손님은 쭈그려 앉아 상자를 열심히 뒤적인다. 상자 안에는 사진과 일러스트 엽서가 한가득하다. 손님은 신나서 묻는다.

"여긴 어디예요?"

"아, 여긴 제가 정말 좋아하는 초전공원이에요. 진주시민들이 자주 가죠. 여긴 진주성이요. 유등 축제하면 얼마나 예쁜데요."

"왜 그림 주인공이 개미예요?"

"그건, 여기 가게 마스코트가 개미거든요. 주인장이 개미를 닮기도 했고요."

"하하하."

손님이 신나 하며 고르는 모습을 보니, 정말 기분이 좋다. 우리 카페&서점에서는 방문하는 손님에게 사진과 일러스트 엽서를 무료로 드리고 있다. 별거 아닌 엽서에 불과할지라도, 엽서를 통해 이 공간에서 조금이나마 행복했음을 느꼈길, 그 감정을 집에 가져가길 바라는 마음에서 시작했다. 역시나 잘 했다는 생각이 든다.

"미술을 좋아하는 친구가 있거든요. 이건 그 친구에게 선물로 줘야겠어요. 아! 이 사진은 요리하는 친구한테 줘야겠다. 뭔가 잘 어울려. 이건 연극을 하는 친구한테 줄까? 아니다 개가 더 잘 어울리려나?"

산타가 되어버린 친구의 고민이 담긴 뒷모습을 바라본다. 선물로 책 한 권씩 고르며, 엽서 한 장씩 고르며, 그 사람이 좋아했던 것, 그 사람이 평상시 관심 있던 것에 대해서 생각해 보는 시간. 그 시간이야말로 그 사람을 온전히 사랑하는 시간이 아닐지 생각해 본다. 선물아, 부디 행복을 전해주렴. 지금, 사랑을 담는 중이거든.

손님이 내게 준
'성공'

어느 누군가가 나를 두고 '성공한' 카페 사장이라는 이야기를 한다. 그도 그럴 것이 책도 내고, 북토크도 진행하고, 손님들과 함께 다양한 문화 활동도 하고 있다는 점에서 무언가 있어 보이긴 한다. 당장 우리 카페&서점 SNS만 들어가 봐도 다양한 손님들이 이 공간을 방문하고 있고, 커피를 사 마시고, 책을 사 읽으며, 독서 모임을 비롯한 다양한 취미를 즐기고 있다. 그것도 매일, 매일.

그런데 나는 성공이라는 그 말이 너무 아득하게만 들린다.

아직도 내 인건비를 건진 날은 고사하고, 책을 한 권 냈지만 베스트셀러는 아니며, 수많은 손님이 방문하는 것으로 보이지만 최근 너무 추워진 날씨 탓에 매출 0원으로 마감한 날이 제법 있었다.

주변에서 나를 성공한 사람으로 바라보지만, 성공과는 거리가 멀어 보인다. 남들이 바라보는 시선이 아닌, 그 삶을 사는 주체는 나이기 때문에, 보이는 것이 아닌 그대로 날것의 삶을 내가 제일 잘 알기 때문이다. 그러다 점차 손님이 나를 보는 성공한 나, 내가 나를 보는 현실의 나, 이 둘이 만들어 내는 괴리감이 점차 커지기 시작한다.

"베스트셀러 작가이니 이제 여기저기 사인회나 북토크하러 다니시겠네요?"

"장사가 잘되니까 요새 정신없이 바쁘죠? 매출이 얼마나 뛰었어요?"

"카페에서 못 보던 컵이네요! 사장님이 돈을 많이 벌긴 벌었나 보다."

"성공한 사람이네요! 진짜 부럽다. 나는 뭐 하고 있지?"

이쯤 되면 생각해 보게 된다. 우리가 늘 입버릇처럼 말하는 그 성공이란 대체 무엇일까? 남들이 벌어보지 못한 돈을 버는 것? 남들보다 많은 돈을 버는 것일까? 누구나 부러워하는 일자리를 잡은 것? '부'가 없으면 남들이 우러러보는 명예라도 달고 있는 것이 성공이란 걸까? 그렇다면 나는 더욱더 성공과

먼 것이 아닌가. 돈도, 명예도 없는 그저 카페&서점의 사장일 뿐이니까. 경운기가 털털거리고 지나가는 8평짜리 자그마한 공간을 지키고 있는 한 사람일 뿐이니까.

하지만 되새겨본다. 손님들이 성공했다고 바라봐 주는 이유, 그것은 비단 돈과 명예에만 있지 않을 것이라고 본다. 누구보다 하루를 오롯이, 잘 살아가기 위해서 열심히 버티는 모습이, 다양한 손님들과 돈에 얽매여 있지 않고 삶의 보람과 재미를 찾아나가는 모습이 좋아 보여서. 친구들과 함께 독서 모임을 하고, 카페&서점 앞에 쓰레기를 주우러 다니고, 손님들과 함께 컵홀더나 캐리어를 재활용하는 캠페인도 벌이며, 우리에게 주어진 삶을 오롯이 살아내려 애쓰고 있는 이 모습이 좋아 보였기 때문이라고. 그렇게 생각해 본다.

지금 내가 하는 일은 항상 좋은 순간만 있지는 않다. 하루하루가 행복만으로 가득 차 있는 건 아니다. 수많은 손님을 만나고, 수많은 손님과 친해지고 교류해도 채울 수 없는 정신의 허기짐도 있다. 현실의 벽은 나날이 두꺼워져 이대로 계속 카페&서점을 운영하는 게 맞는가 고민도 된다. 다만 나중에 되돌아봤을 때 후회 없을 만한 삶을 살아내고 있기에, 나중에 되돌아보았을 때 힘든 순간마저도 추억이라고 부를 수 있을 만큼 하루를 살아내고 있기에. 지금 내게 주어진 삶을 충만히 살아가고 있다. 이런 내 모습을 성공으로 바라봐 주는 손님 덕에 오늘도 나는 성공한 사람이 된다.

은퇴 아빠들의
꿈

　뜻밖의 손님이 찾아왔다. 카카오 브런치 구독자이자, 여러 차례 개인적으로 메일을 보냈던 분이다. 은퇴를 앞두고 있어서 '아빠 알바생 에피소드' 글에 공감했다고도 했고, 카페가 어디인지, 괜찮다면 찾아가도 될지 물어보기도 했었다. 하지만 그때의 나는 용기가 없었다. 8평짜리 가게, 4년 차가 되어 이리저리 세월의 흔적이 묻어있는 이 공간을 공개하기가 두려웠다. 상상을 동원해 읽었던 글에서 생각했던 카페와 실제의 카페에서 오는 간극 때문에 실망할 거라 여겼다. 무엇보다 글을 쓰고 있지만 이면에 초라한 내 모습을 들키기 싫었던 것 같다. 그렇게 시간이 흘러 어쩌다 책이 출간되었고, 어쩌다 카페&서점 이름이 공개되었다.

드디어 오늘, 그 구독자님이 카페에 방문한 것이다. 카페 문을 열고 들어오는 손님의 얼굴에 묻어있는 반가움을 통해 누군지 직감했다. '아, 그분이시구나!' 손님은 여러모로 나와 공통점이 참 많았다. 92년생 딸이 있다고 했다. 내게 몇 살이냐고 물으시길래, "저도 따님분이랑 동갑이에요"라며 웃었다. 손님은 어느새 커서 독립하고, 어엿하게 사회에서 자리 잡고 있는 딸을 자랑스럽게 이야기한다. 그 모습을 잔잔히 바라보다 나도 모르게 "우리 아빠 같아요. 아빠가 보고 싶네요"라고 말해버리고 말았다. 아빠라는 존재는 자식이 없는 곳에서는 이렇게나 천진난만하고 또 활기차게 만든다.

또 다른 공통점은 바로 나의 아빠처럼 은퇴 세대라는 거다. 손님은 은퇴 후 꿈을 찾아다니고 있다. 먹고 사느라, 자식을 키우느라, 노후 준비를 하느라 꿈 없이 하루하루를 살았다. 아니, 꿈을 잊어버리려 무던히 애썼을지도 모른다. 그리고 마침내, 꿈을 향한 첫발을 내디딜 하루가 시작되었다. 정년퇴직이라는 무언가 가슴 쓸쓸한 그것을 이루어 낸 후에야 꿈을 찾아 나설 수 있게 되었다. 노후에 무엇을 할지 오랜 시간, 진지하게 고민하다 문득 글을 써보고 싶어졌다고 했다. '글을 쓰고 싶다.' 그 말이 그의 꿈이 되었다. 손님은 그 꿈을 안고 브런치의 글을 읽기 시작했고, 수많은 사람을 구독하기 시작했다. 그리고 가능하다면 많은 브런치 작가를 만나러 다녔다. 손님의 열정이 오늘 우리의 만남을 성사시킨 것이다.

여행을 좋아해서 이곳저곳 많이 다녀본 경험, 지금까지의 삶과 연륜을 녹여내어 본인만의 글을 완성하고 싶은 꿈은, 그 손님을 열정으로 가득하게 했다. 글쓰기를 정식으로 배워보고 싶어 대학에도 등록했다. 작가들을 찾아 여행을 떠나고 또 본인만의 경험을 쌓아갔다. 그렇게 그는 꿈을 향해 한 발, 한 발 나아가고 있었다. 꿈을 이야기하는 그의 목소리는 감미로웠다. 아빠처럼 낮고도 울림이 있었지만, 그 목소리는 소년처럼 활기 있었다. 태도는 당당했고 때론 점잖고 천진난만했다. 꿈을 이야기하는 그때의 시간은 참으로 청춘이었다.

손님이 돌아가고 나서 나는 생각에 잠겼다. 아빠가 떠올랐다. 은퇴하고 나서 무얼 하고 싶냐는 우리의 물음에 아빠는 '일'이라고 말했다. 눈떠서 출근하고 퇴근하는 그 일상을 유지하고 싶다고 했다. 돈을 벌고 싶다고 했다. 그동안 고생했으니 여행도 가보고, 그간 못했던 것들을 해보라고 말해봐도 아빠는 거절했다. 되려 현실을 불안해했다. 아무도 나를 써주지 않는 현실, 내가 배운 교육과 기술이 도태되는 현실, 나는 아무것도 아닌 것 같은 현실에 압도되었다. 아빠는 불안해했고 또 좌절했으며, 슬퍼했다. 일만 하고 살다 보니 일이 주는 안정감만이 아빠의 꿈이 되어버린 현실, 다른 은퇴 아빠들의 꿈도 그럴까?

남편의
퇴사 의미

"나, 그만두고 싶어."

주말부부 8년 차, 드디어 남편 입에서 퇴사 이야기가 나왔다. 언제 이 말이 나올까, 조마조마하며 지내기를 8년 차. 그 긴 시간을 혹독하게 견디고 견디다 마침내 속내를 고백하는 남편의 마음을 알기에 나는 그저 고개를 끄덕였다. 남편은 아파트 건설 현장에서 일한다. 매일 새벽 여섯 시에 일어나 밤 열두 시에 퇴근하는 게 일상이다. 아니, 퇴근이 퇴근이 아니다. 아파트 한 채를 사택으로 제공하고 있어 소장, 차장, 과장님들과 다 함께 산다. 방의 개수가 적어 직장동료와 방을 나눠 쓰기도 하고, 퇴근 후 맥주 한잔하자는 차장 손에 이끌려 가 밤새 술을 마시기도 한다. 토요일 또는 일요일, 한 주에 하루 혹은 이틀 쉴 수 있는 그날만을 간절히 기다리며 평일을 버텨낸다. 그렇게 버텨내다 집에 오는 날, 저녁 9시쯤 도착해서 늦은 저녁을 먹고, 다음 날 아이랑 놀다가 오후에 다시 일터로 떠난다. 반나절 가족과 시간을 보내는 건 너무 슬프다고 푸념할 새도 없이 다음 날 새벽 4시에 일어나 일터로 먼 길을 떠난다. 그렇게 꼬박 7년 2개월. 어떤 마음으로 하루하루를 버텨냈을까, 그에게 주어진 한 달, 30일 중 정말 살아있던 하루는 며칠이나 될까. 그가 보낸 7년 2개월의 청춘과 시간은 어떤 의미일까.

남편의 퇴사가 결정되고 정리할 것이 몇 가지 있었다. 바로 월세, 전기세 등등 각종 공과금의 납부다. 내가 벌인 일이니 끝까지 책임져보겠다는 말과는 달리 남편에게 많은 부분을 의지하고 있었다.

"월세 내는 날인데 돈이 조금 모자라서… 20만 원 정도만 빌려주면 안 될까?"

그 말을 들은 남편은 매달 30만 원을 투자금이라는 명목으로 통장에 꽂아주었다. 남편에게는 수익성이 1%도 없는 하이리스크 앤 하이리스크 종목일지라도. 여름, 겨울철 전기세가 20만 원이 훌쩍 넘게 나오자, 남편은 다음날 본인 앞으로 전기세 자동 납부를 신청했다. 고정적으로 나가는 인터넷 비 33,000원은 통신사 가족 묶음을 하면 할인을 받을 수 있다는 말에 남편은 예상치 못한 인터넷 비까지 떠안았다. 그렇게 남편의 시간을 희생해서 번 돈으로 이 공간을 유지해왔다. 일을 하는 내 모습이 진심으로 즐겁고 행복해 보인다는 남편의 말, 어쩌면 하루라도 빨리 폐업해야 맞았을지도 모르는 이 공간을, 오로지 나만의 이기적인 행복을 위해 끌고 왔을지도 모르겠다.

남편의 퇴사 이후 월세, 관리비, 전기세 등등 모두 내 앞으로 돌렸다. 전기세는 자동납부 기일을 지키지 못해 푼돈으로 여러 차례 나눠서 나가기도 했다. 하루는 21,900원, 다음 날은 52,000원…. 며칠에 걸쳐 들어오는 영업수익금으로 한 달 치 전기세를 냈다. 원두가 떨어져서 주문하려고 보니 10만 원이 넘는 목돈이 들어 며칠에 걸쳐 들어오는 카드 매출을 차곡차곡 다른 통장으로 모아서 원두가 떨어지기 직전 주문했다. 하루살이처럼, 다음 날 카드 매출 입금 알람을 간절히 기다린다. 어느 날은 입금액이 터무니없이 작아 심장이 쪼그라들 때도 있고, 어느 날은 한꺼번에 입금돼서 숨통을 트기도 한다.

어느 날 진심으로 남편에게 물었다. "내가 이렇게 일하는 것보다, 다시 직장을 구해서 일하는 게 더 생산적이지 않을까?" 남편은 그런 나를 빤히 바라보다 말한다. "왜 지금 하는 일은 비생산적이라고 생각해? 내가 볼 때 너도 나와 같은 무게로 일했다고 생각해. 네 일도 하면서, 생활비도 벌고, 그리고 아이까지 보고 우리 가족의 일상을 지켜준 거잖아. 우리 둘 다 열심히 일한 거고, 일해오고 있던 거야." 그리고는 "폐업하고 싶다면 그래도 되지만, 지금 너는 지키고 싶은 거잖아. 그럼 하고 싶은 걸 해. 아직 우리에겐 퇴직금이 있잖아?" 그렇게 위로해 버리는 남편이, 장난스레 말하는 남편이, 한없이 고마우면서, 그 이상으로 미안하다. 가족이라는 이름으로 손쉽게 기대버렸던 건 아닐까. 가족이라는 이름 하나로, 그에게 많은 부담을 준 건 아니었을까.

여전히 오늘도 하루살이처럼 살아간다. 어쩌면 미래를 고민하지 않고 대책 없이 사는 것처럼 보일지라도, 아니, 미래에 대한 고민할 여력이 없을지도 모른다. 하지만 우리는 진심으로 우리의 하루를 열심히 그리고 또 치열하게 살아내고 있기에 주어진 것에 감사할 뿐이다. 적금은 못 들어도 장 볼 생활비는 조금이나마 벌 수 있다는 것에 감사하다. 일하며 아이를 돌볼 수 있음에 감사하다. 이제는 남편과 함께 지는 해를 바라볼 수 있음이 감사하다. 주어진 하루, 주어진 먹을 것, 주어진 행복, 주어진 이 순간순간들이.

사람에게
상처받아도

자영업자 커뮤니티 정회원이 되었다. 창업을 꿈꾸고 있는 사람에게 팁을 주기도 하고, 종합소득세나 부가가치세 신고 기간이 오면 셀프 신고법을 공유하기도 한다. 뿐만 아니라 커뮤니티에서 일상을 나누기도 한다. 누군가 "오늘따라 손님이 너무 없는데, 밖에 무슨 일 있나요?"라고 물으면, 바깥세상을 공유하기도 하고, "손님이 갑자기 우르르 몰려왔어요! 기 나눠 드릴게요!"라며 큰 금액이 찍힌 영수증 사진을 올리기도 한다. 그러면 "우와! 기 받아 갑니다" 댓글이 속속 달린다. 이런 게 커뮤니티의 재미 아닐까. 같은 자영업에서, 같은 고난을 겪고 있는 사람들끼리 서로 으쌰으쌰하는 모종의 연대 말이다.

그런 커뮤니티에서도 자주 접하게 되는 주제가 있는데, 바로 '인간 환멸'에 대한 내용이다. 자영업을 하며 이 사람, 저 사람 많이 만나다 보니 인간 자체에 진절머리가 난다는 건데, 들어보면 과연 그럼직하다. 진상 손님이야 말할 것도 없고, 알바생과의 불화도 적지 않다. 일하는 동안 커피 한 잔씩 마셔도 된다고 했더니 하루에 10잔을 마시고 퇴근할 때는 테이크아웃 해가는 알바생, 선의로 매일 출퇴근 교통비 5만 원까지 지급했는데 코로나로 경영 여건이 어려워져 그달 입금을 못 해주자 고용노동부에 신고하겠다는 알바생 등등. 최근에는 사기꾼까지 기승을 부린다. 카페 사장님들에게는 나름 유명인사가 되어버린 사기꾼 할아버지가 있다. 예를 들면, '옆 사무실에 들어오게 되었다'며 '카페에도 떡을 돌리려고 주문해 놨는데 현금이 없어서 그러니 빌려달라'는 등의 말을 하는 할아버지다.

커뮤니티에서 이 이야기를 접했을 때는 '이런 사기를 왜 당하지?'라고 생각했다가 지난날의 나를 떠올렸다. 서울 출장길에서 지하철을 타다가 한 할아버지를 만났다. 그분은 '지하철을 타야 하는데 교통카드에 돈이 뚝 떨어졌다'며 나를 게이트로 끌고 갔다. 그리고 카드를 개찰구에 올려 보이며 열리지 않는 게이트를 보라는 듯 제스처를 취했다. "딱, 집에 갈 교통비만 빌려줄 수 있어요? 종이에 계좌번호랑 남겨주면 바로 갚을

게요." 그때는 '교통비 정도라면'이라고 생각했는데 그 할아버지에게 무려 2만 원이 넘는 돈을 주었다. 교통비와 식비를 얹어서. 여하튼 그 '사기꾼 할아버지'는 정말 전국의 카페를 돌아다니며 비슷한 말로 사기를 쳤고, 생각보다 많은 카페에서 돈을 뜯으며 커뮤니티에서 유명인사가 되었다.

결론은 이런저런 일들을 겪은 자영업자들은 자연스럽게 인간 환멸의 길로 가게 된다는 건데, 이제는 속설이 되었다. '설마 그러겠어?'라는 생각은 '나는 다르겠지'를 거쳐, 마침내 오늘 같은 결말을 맞이한다. 맥주를 뜯어 입으로 콸콸 쏟아 넣으며 생각한다. '사람한테 환멸이 느껴진다'고.

친해진 단골손님 몇몇은 이제 커피를 주문하지 않고 자연스럽게 카페에 들러 물과 음료, 과자를 먹다가 돌아간다. 우리 매장에서 판매하고 있는 책에 대해서 이것저것 묻고, 선물용 책으로 추천받아 놓고 인터넷으로 구매한다. 밀크티가 맛있다면서 어떻게 만드는지 구체적인 레시피를 요구하고, 영업비밀이라고 말하면 우리 사이에 그것도 말 못 해주냐는 식으로 대꾸한다. 아이들과 함께 들러 판매용 책을 있는 힘껏 펼치고 열심히 본다. 신중하게 책을 고르고, 몇 시간이고 주의 깊게 고르는가 싶더니 나에게 다가와 "이 책 다 읽었어요!"라고 자랑한다. 판매 중인 음료나 책을 도매가에 달라고 한다. 단골이니까. 등등. 등등. 등등등등.

뭐랄까. 그동안 생각했던 모든 에피소드가 머리에 한 번에 쏟아져 내린다. 그동안 잘 이겨내고 있다고 생각했던 것들이, 지금까지 단순히 참고 견뎌온 것에 불과했구나 깨닫게 된다. 사소하게 여겼던 순간순간의 아픔이 지금은 절망처럼 다가온다. 손님에게 진심으로 친절을 다했다. 그래야 살아남을 수 있으니까. 손님들과 만나는 횟수가 많아질수록, 마음의 정을 더 나누어주었다. 그래야 먹고 살 수 있으니까. 손님이 오면 "오늘도 아메리카노에 시럽 한 펌프, 물은 2/3 맞죠?"라고 말할 수 있는, 사소한 취향까지도 알게 되었을 때 나는 내 곁을 내주었다. 그래야 외롭지 않으니까, 하루를 버텨나갈 힘이 되니까, 행복하니까. 그게 나니까.

그런데 오늘은 모르겠다. 사람과 사람 사이에 적정 관계를 유지하며, 기브앤 테이크의 자세를 고수하고, 계산적으로 서로의 이익을 따진 채 정도, 마음도 주지 않는 관계가 옳았던 걸까?

30년 차 직장인 손님과 직장생활 잘하는 법에 대해서 이야기를 나눈 적이 있다. 회사 생활을 하면서 적이 없어야 한다는 것, 그리고 직장동료들과 적정 관계를 유지하는 것, 기대하지 않는 것 등등의 꿀팁들이 대거 등장했다. 직장생활을 하며 어떻게 적이 없을 수 있을까? 나와 성격도, 일하는 스타일도 다를 수 있는데? 방법은 간단했다. 모든 인간관계에 적정 거리만 유지하면 된다. 나는 싫어하는 사람과 좋아하는 사람을 만들지 않는다. 내가 싫어하게 될 것 같은 기미가 보이는 사람에게

는 잘해주려 노력하고, 내가 좋아할 것 같은 사람에게는 거리를 두려고 노력한다. 그리고 모든 사람에게 기대하지 않는다. 이게 중요하다. 누군가 다들 도와줄 것이라는 기대, 그 사람은 이 정도 일을 해낼 것이라는 기대, 내가 이렇게 하면 저 사람은 저렇게 할 거라는 반응에 대한 기대. 그 모든 기대를 하지 않는 것이다. 그럼 기대와 다른 현실에 실망할 필요도 없어지는 거다. 그게 30년 차 직장인 손님이 30년의 세월 동안 배운 사실이었다.

나는 어떤 사람인지 곰곰이 생각해 보게 된다. 내가 퇴사할 수밖에 없었던 건, 어쩌면 당연한 절차였을지도 모른다는 생각이 든다. 나는 이상하게 적당히가 안된다. 수많은 책을 통해 관용, 중용, 중립 등의 표현을 배워도 내 몸과 마음은 이미 이성을 벗어나서 행동한다. 시간에 비례해서, 아니 시간을 초월 비례해서 정과 마음을 준다. 표정 관리는 더더욱 어려워서 좋으면 좋아했고, 싫으면 싫어했다. 아주 감정에 정직한 사람이었다. 이런 나는 30년 차 직장인 손님의 눈에는 감정조절이 어리숙한 사회초년생으로 비칠 뿐이다.

딸랑. 나는 들어오는 두 명의 손님을 보고 돌고래 소리를 지른다. "뭐야!! 이 시간에 웬일이에요!" 4살짜리 아들은 사람이 마냥 좋아서 사람만 보면 소리를 꽥 지르곤 하는데, 딱 내가 그 4살짜리 같았다. 들어오는 손님은 나의 이런 환호성이 처음이 아닌지 익숙하게 받아들인다. "둘 다 이 근처 있다가 놀러

왔지!" 나는 자연스럽게 따뜻한 카페라테에서 샷 2개 추가, 따뜻한 바닐라라테에 바닐라 시럽과 파우더를 추가해서 나간다. 오늘 방문한 두 명의 손님은 내가 운영하는 책맥(책과 맥주가 함께하는) 독서 모임의 멤버들이다. 책맥 모임을 시작한 지는 불과 5개월 남짓한 시간밖에 안 되지만, 나는 벌써 이들과 친구가 되었다. 책맥 모임 멤버들은 모두 40대 중반에서 50대 후반 사이에 있다. 하지만 세대를 넘어서 나는 진심으로 이들을 친구라고 생각한다. 우리는 각자 커피 한 잔씩을 홀짝홀짝 마시며 이야기를 시작한다. 근황 토크부터 시작해서, 자녀 교육 문제, 최근에 읽었던 책, 요새 관심사, 계획되어 있는 가족 휴가 등등. 나는 그녀들의 나이와 직업을 넘어서 가족의 구성원의 수, 나이와 취미까지 알게 되었다. 나 또한 요즈음 말을 안 듣는 4살짜리 아들의 이야기를 구구절절 늘어놓는다. 그렇게 대화의 꽃을 피우다가 해가 카페 안으로 쨍하게 들어오는 시간, 그때가 오후 4시쯤인데, 우리는 "못다 한 이야기는 다음에 만나서 또 이야기해요."라고 말하며 다음을 기약한다. 그녀들이 떠난 카페에서 조금은 허전함을 느끼지만, 마음은 더없이 풍요롭고 또 따스해졌음을 느낀다. 남아있는 마감 시간을 즐겁게 기다릴 수 있는 에너지를 느낀다. 설거지도 청소도 모두 흥얼거리며 할 수 있는 즐거움을 느낀다. 공간에 머물러있는 그녀들의 온기를 느낀다. 삶의 행복을 느낀다.

그리고 이내 깨닫는다. 아, 오전만 해도 사람한테 환멸 느껴진다고 했던 사람인데. 스스로의 모순에 그냥 웃어버리고 만다. 30년 차 직장인 손님이 말씀해 준 것처럼 사는 것이 사회생활을 잘할 수 있는 좋은 방법이자 표본일지도 모른다. 그리고 실제로도 맞을 테다. 왜냐면 난 중간에 그 세계를 뛰쳐나온 중도 퇴사자니까. 하지만 아무리 사회생활이 험난해진다고 해도, 나는 사람을 사랑했을 때 오는 힘이 있다고 믿는다. 업무성과를 통해 드러나지 않아도, 마음을 통해 드러나는 결과가 있다고 믿는다. 타인에 대한 기대감 없이 나 혼자 모든 것을 감내하는 것이 아닌, 같이 무언가를 했을 때 오는 풍요로움이 있다고 믿는다. 삶을 살아가는데 내가 사랑하는 사람, 나를 사랑하는 사람을 만드는 일이 삶을 더 오랜 시간 지탱해 줄 힘이라고 믿는다. 직장생활에서든, 가정에서든, 나만의 세계에서든, 그 어디에서든. 아무리 상처받는다고 해도 나는 또다시 인간에게 정을 주고 마음을 주고, 사랑을 줄 것이다. 인간관계로 상처받고, 좌절하고, 절망하게 될지라도, 되려 그 순간을 이겨낼 힘을 기른다고 생각하련다. 새로운 사람을 만나 회복하고, 사랑을 나누며 행복을 찾으련다. 그래, 사람을 사랑할 수밖에!

무너져 내리는
선반

　　첫 임대차 계약 체결한 날, 설렘과 두려움이 공존했으나 앞으로의 기대감으로 잠 못 들었다. 어느 날은 두 시간만 자고, 어느 날은 꼬박 밤을 지새워 인테리어와 메뉴를 고민했다. 과정은 피곤했지만, 꽤 즐거웠다. 계획했던 것을 하나둘 실행에 옮길 때는, 통장이 비워가는 만큼 상가를 채우는 재미가 있었다. 여러 인테리어 계획 중 하나는 벽 하나를 통째로 책의 선반으로 만드는 거였는데, 사실 기가 막힌 계획이었다. 선반이 책 무게를 지탱하기 위해서, 벽에 매달려 있으려면 선반 하나에 못을 10개 정도 박아야 했다. 게다가 벽 전체를 덮기 위해서는 선반 20개가 필요했으니, 내가 계획한 인테리어를 실행하기 위해서는 200개의 못을 박아야 했다는 말이었다.

나는 머릿속에 떠오른 인테리어 구상을 대강 스케치해서 아빠에게 넘겼다. 치수도 없고, 구체적인 계획도 없는 선으로 죽죽 그려져 있는 그림을 말이다. 나의 막무가내를 아빠는 아무 말 없이 현실로 바꿔주었다. 선반의 길이를 재고, 벽의 길이를 재고, 간격을 가늠하고 못을 박았다. 뒤에서 관리감독만 하는 딸을 두고 혼자서 선반을 달았다. 못 200개를 이용해서.

그렇게 만들어진 선반에는 5년이란 시간만큼 판매되지 못한 책들이 쌓였다. 그러다, 선반 두어 개가 무너져 내리기 직전이 되었다. 10개의 못으로 벽에 단단하게 붙어있던 선반이 기울어지고 있었다. 책들은 조금씩 미끄럼을 타기 시작했다. '앗! 책이 무너진다!' 아빠를 호출했다. 아빠는 나의 긴급 SOS를 듣고는 한참을 웃더니, 이제 남편한테 부탁 좀 해보라고 대답한다. 아, 남편이 있었지? 지금 와보니 내가 얼마나 철딱서니 없을 정도로 아빠를 의지했는지 드러난 셈이다. 아빠가 있으면 뭐든 가능했고, 아빠만 있으면 상상은 현실이 되었다.

아빠는 매일 저녁 연필을 깎아주었다. 딸이 예쁘게 글을 배우고, 글을 쓰기를 바라는 마음에 정말이지 예쁘고 뾰족하게 깎아주었다. 초등학교 3학년 때쯤이 되자 기차 모양의 연필깎이가 등장했고, 아빠의 역할을 대체했다. 이때쯤 아빠는 내게

목재를 깎아 책상을 만들어 주었다. 나는 아빠가 만들어준 책상에서 책을 읽기도 했지만, 낙서하는데 더 많은 공을 들였던 것 같다. 결국 엉망진창 공주님 낙서에 도배된 책상은 버려지고, 가구 가게에서 사 온 책상이 내 방으로 들어왔다. 중학생이 되자 '기술/가정' 시간에 바느질을 배웠다. 선생님은 배운 손바느질로 쿠션을 만들어 오라고 하셨고, 나는 아빠에게 도와달라고 부탁하며 천과 쿠션 솜을 넘겼다. 아빠는 그날 재봉틀을 배워 재봉틀로 쿠션을 뚝딱 만들었고, 인간미 없는 나의 작품은 수행평가에서 최하점을 받았다. 그 뒤로 여러 과제를 할 때도, 고3 수험생이 되어 등하교할 때도, 대학교에 가서 술 퍼먹고 하교할 때도 아빠는 늘 내 곁에 있어 주었다.

아빠는 아빠가 되기 위해 얼마나 많은 기술들을 익혔을까? 얼마나 많은 시간을 나에게 헌신했을까? 때론 연필깎이 선수로, 때론 목수로, 때론 운전기사로, 때론 선생님이자 인생 선배로서, 아빠는 얼마나 많은 직업을 갖고 내게 다가왔던가. 대학을 졸업한 뒤에도 아빠는 인테리어 기사로, 수리공으로, 카페 청소 아르바이트생으로 늘 내 곁에 있었다. 나의 모든 것이 되어주었던 아빠인데, 그런 아빠를 나는 아직 보내줄 준비가 안 되어 있다. 무너져내리는 선반은 6개월째 버티는 중이다. 나는 아마도 완전히 무너져 내리고 나서야, 책이 우수수 다 떨어지고 말아서야 아빠를 보내주게 되지 않을까.

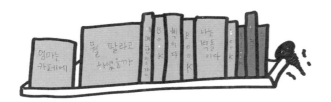

나... 떨고있니?

4부

지옥에서 온
커피

지옥에서 온
커피

　문에 달아놓은 작은 종이 쉴 새 없이 짤랑거렸다. 매서운 바람은 손님들을 집 안에 꽁꽁 가둬두었다. 손님이 많아서 앉을 시간이 없을 때, 발바닥이 아픈지도 모른 채 손님을 맞았다. 몰려드는 주문에 정신이 없을 때 하나하나 주문을 쳐내는 행복감, 장사하는 이에게는 바쁜 것이 행복임을, 손님은 이 행복을 전해주는 비둘기 같은 존재임을 깨닫는다.

　반면 한산한 공간에는 바람에 나부끼는 종소리만 요란하다. 그 소리가 어찌나 내 마음을 뒤흔드는지. 저녁 7시가 되자 단골손님이 입장했다. 2년 전 독서 모임을 계기로 지금은 절친이 된 60대 손님, 문학을 좋아하는 공대생, 사진을 찍으며 일상을 기록하는 예술가, '라떼는'이라는 말을 하지 않기 위해 노력하는 한 사람이자, 커피는 항상 라테 대신 아메리카노를 마시는 손님. 손님과 함께한 2년의 세월은 세대를 뛰어넘어 절친이 되기에 부족함이 없었고, 어느새 마음을 툭 터놓는 편안한 관계가 되었다.

"오늘도 따수운 아메리카노죠?"늘 그렇듯 투 샷이 들어간 아메리카노. 따뜻하면 안 되고 따스워야 한다. "지옥처럼 뜨겁게 해 줘요. 지옥처럼 뜨겁게, 악마처럼 검게, 따숩게 아메리카노를 내려주세요." 4년간 카페를 운영하며 이렇게 멋들어진 주문은 처음이었다. 나는 손님을 앞에 두고 물개박수를 친다. 목젖이 보여라 웃어젖힌다. 손님도 이런 나의 반응을 보고 MZ세대를 웃겼다는 뿌듯함이 가득하다.

"낭만적인 주문이네요. 평생 절대 잊을 수 없을 것 같아요. 저 말 받아 적어도 돼요?"고개를 끄덕이는 손님은 어디 책에서 보았다며 전해준다. 그리고 내가 까먹었을세라 다시 되풀이해서 말해준다. "지옥처럼 뜨겁게, 악마처럼 검게." 또다시 터지려는 웃음을 꾹 눌러 참으며 삐뚤빼뚤하게 적힌 손님의 대사를 다시금 읽고 또 읽는다. 당장 커피머신 앞으로 달려가 증기기관차처럼 연기를 내뿜는 뜨거운 물을 뽑아 샷 두 개를 콸콸 넣는다.

"지옥에서 온 커피 대령이요."

지옥에서 온 커피가 이렇게나 행복하게 할 줄이야! 우리는 그렇게 오후 9시까지 내내 지옥의 커피와 함께 웃음을 마셨다.

모든 손님에게는
아름다움이 있다

영업을 마감하고 바닥을 닦고 있노라면 그날 방문한 손님들의 흔적이 느껴진다. 눈앞에 보이는 이 긴 머리카락의 주인공을 떠올려 본다. 바닐라라테를 좋아하는 그 친구. 매일 따뜻한 커피만 마시다가 오늘따라 아이스 바닐라라테를 시켰다. 그녀의 변화에 계절이 바뀌었음을 실감한다. 밖에서 불어오는 바람에 살랑거리며 날아다니는 빨대 껍질을 보니, 자유분방한 손님이 떠오른다. 들어오는 순간부터 에너지를 몰고 와 폭발하듯 발산시키고 나가곤 하는데, 손님이 떠나고 나서도 한참

동안 유쾌한 에너지는 이 공간을 넘실거렸다.

마지막 정리는 카운터 청소와 매출장부 정리다. 솔직히 고백하자면 나는 이 시간이 제일 기다려진다. 오늘은 얼마를 벌었나 체크하는 일은, 여전히 설레는 일이다. 오늘 몇 명의 손님이 왔는지 눈으로 확인한 것도 있지만, 두 손을 펼칠 필요도 없이 몇 잔의 커피를 팔았는지 명백히 알지만, 설렌다.

이곳은 이제 커피보다 책이 중점인 공간이 되었다. 의도한 것이 아닌, 시간의 흐름에 따라 자연스럽게 변화한 모습이다. 커피를 한 잔이라도 더 팔기 위해 독서 모임을 시작했고, 한 사람이라도 더 방문하도록 다양한 문화프로그램을 운영하게 되었다. 그러다 보니 카페보다 서점의 모습에 가깝게 변모하게 되었다.

그러다가 단순히 책을 파는 서점보다 다양한 모임이 있는 동네 사랑방으로 성격이 변했다. 모임 중에는 대표적으로 대하소설 읽기 모임이 있는데, 박경리 선생님의 《토지》 완독 모임에는 중학생도 두 명이나 있다. 사연은 이러하다. 바로 엄마의 노력 덕분인데, 엄마는 딸에게 책의 즐거움, 특히 장편을 읽었을 때 오는 묘미를 알게 해주고 싶었다. 그래서 딸 친구의 참가비도 선뜻 내고, 아이들의 음료도 목돈으로 장부에 묻어두었다. 아이들이 자유롭게 와서 음료를 마시고, 책 읽는 시간을 가졌으면 하는 바람에서다.

조금 먼 미래의 내 모습을 고민해 보게 된다. 나도 저런 엄마가 되어줄 수 있을까? 강제하는 것이 아닌 즐길 수 있는 환경을 만들어 주는, 개입하지 않고 아이들이 자율적으로 참여할 수 있도록 독려하는, 혼자가 아니라 함께하는 즐거움을 알게 해 주는. 아이들이 행복하게 참여하는 모습을 바라보고 있노라면 가슴이 벅차오른다. 나 또한 손님 같은 엄마가 되고 싶어서. 좋은 엄마가 될 수 있는 하나의 방법을 배워서.

그러고 보니 이곳에서는 정말 많은 것을 배우고 있다. 늘 차분하고 따뜻한 말을 하는 손님으로부터 따뜻한 말이 주는 위력을, 푸릇한 사랑을 꿈꾸는 청년으로부터 사랑을 향한 열정을, 아이를 향한 손님의 눈으로부터 사랑을 담은 눈빛을 배운다. 친구 없이 외로운 나에게 나이를 떠나, 세대를 떠나 모두와 친구가 될 수 있음을, 한잔의 커피가 누군가에게 위로가 될 수 있음을 감사하게 되었다. 나밖에 몰랐지만, 이웃을 사랑하는 법을 알게 되었다. 텀블러를 내미는 손님들, 재활용 쇼핑백과 캐리어를 깨끗하게 모아주는 손님들을 통해서 지구 사랑하는 법을 알게 되었다.

모든 손님은 저마다 힘이 있다. 아름다움이 있다. 그네들의 모습에 감동하게 되고, 감사하게 되고, 사랑하게 된다. 손님을 사랑하는 카페&서점 사장이라니! 웃기면서도 이내 인정하고야 만다. 이 공간에 놀러오는 손님들이 정말이지, 너무나 사랑스럽다고!

카페&서점을
하고 싶은 사람들

나와 같은 업에 종사하고 싶다는 사람들을 왕왕 만난다. 카페와 책이 함께하는 공간은 얼마나 여유롭게 들리며, 낭만적으로 다가오는가. 미래에 대한 기대와 설렘으로 다가오는 이들에게 나는 할 수 있는 최선의 대답을 해준다. 그대들이 듣고 싶어 했던 답을 해주면서도, 늘 우리가 선택하는 길에는 후회와 고민이 있기 마련이라는 말도 덧붙인다.

서점업부터 이야기해볼까? 작은 동네서점은 책을 가져올 때 정가의 70~80%가량을 원가로 지불한다. 그러니까, 1만 원짜리 책을 가져와서 2,000~3,000원의 수익을 낼 수 있다는 말이다. 한 달에 몇 권의 책을 팔 수 있을까? 책 100권을 팔면 20~30만 원의 이익을 얻는데, 과연 한 달에 100권을 팔 수 있을까? 나오는 수익금으로 월세, 전기세, 소득세 등 각종 공과금을 내고 나면 내게 돌아오는 인건비는 과연 있을까?

다음은 카페. 초대형 카페, 자연경관과 잘 어우러진 카페, 인테리어가 정말로 특출 난 카페, 브랜드가 뚜렷한 카페라면 걱정할 게 없을 테다. 작은 동네에서 카페를 시작할 예정이라면 상황이 달라진다. 손님들이 그 카페를 다시 갈 이유가 무엇일까? 나는 그 방법으로 독서 모임을 선택했다. 손님들과 독서 모임을 하며 쌓은 교류와 친분이 이 카페에 다시 방문할 계기를 만들어 주는 셈이다. 아메리카노 한잔 3,500원에 10명의 손님이 독서 모임을 하러 온다면 그날 매출은 35,000원이다. 매출을 늘리기 위해 독서 모임을 늘렸고, 현재는 150~200여 명의 손님이 매달 방문한다. 그러면 매출 걱정이 없는 성공한 카페일까? 단순 무식한 방법의 계산기를 두들겨 보자.

3,500원×150명=525,000원
3,500원×200명=700,000원

아, 여기서 재료비를 빼야지. 원두값 등등. 이쯤 되면 한 달 매출이 어렴풋이 계산되었을까. 하루 평균 9시간 근무하며 번

돈이 이 정도이다. 카페·서점업에서 낭만을 찾는 동안 놓쳤을 기회비용을 따지면 손해가 더욱 막심하다. 이쯤 되면 사람들은 묻는다. 무언가 이익이 돼서 남아있는 게 아니냐고 말이다. 그렇다. 남는 게 있다. 보람이나 행복뿐 아니라 경제적으로 분명 남는 돈이 있다.

하지만 그것은 분명 시간 외 수당, 즉 영업 외 수당 덕분이다. 카페·서점업에 종사하는 시간 외에 나는 이런저런 일을 많이 벌였다. 온라인 필사 모임, 온라인 홈트 모임, 글쓰기 모임, 영어 원서 읽기 모임, 뉴스 읽기 모임 등등. 모임을 진행하는 데에는 엄청난 에너지가 들어간다. 모임을 구성해야 하고, 진행해야 하고, 유지해야 한다. 책도 먼저 읽어야 하고, 질문도 던질 줄 알아야 한다. 그래서 나는 참가비를 받기 시작했고, 그렇게 매출 부족분을 메워갔다.

하루 평균 9시간 일하고 매출이 0원이었을 때 느꼈던 자괴감, 이상과 현실로부터의 괴리감, 그 모든 자기 고뇌가 없었다면, 변화하고자 하지도 않았을 것이다. 나와 같은 업에 종사하고 싶은 사람들에게 말하고 싶다. 그런 고뇌를 감당할 수 있는가. 끊임없는 후회, 열등감에 빠져드는 시간을 받아들일 수 있는가. 삶이 한없이 막막할 때 떨어져 내려가는 자신을 붙들 용기는 있는가. 당장 가지고 있는 자본금이 문제가 아니라, 앞으로 닥칠 시련에 단련될 준비가 되어있는가.

모르는 타인에게
건네는 인사

어렸을 땐, 인사를 잘하는 게 하나의 미덕이었다. 계단에서
눈이 마주친 사람도, 엘리베이터에서 옷깃이 스친 사람도, 반
대편 횡단보도에서 건너오는 사람도 모두 이웃이었다. 그렇기
에 늘 우리네 이웃에게 '안녕'을 물었다. 세월이 흐른 지금, 인
사는 예의가 아니라고 가르친다. 계단에서 눈이 마주친 사람
은, 엘리베이터에서 옷깃이 스친 사람은, 반대편 횡단보도에서
건너오는 사람은 모두 낯선 타인일 뿐이다. 그렇기에 우리는
서로에게 늘 투명 인간이 될 뿐이다.

지인과 횡단보도를 지나고 있는데, 한 아이가 오른쪽 손을 번쩍 들고 건넌다. 그 아이의 천진난만함에 나도 모르게 웃었다. 아이는 그 웃음을 인사로 받아들였다. 그리고 고개를 숙여 "안녕하세요?" 인사를 건넨다. 오랜만에 받아보는 낯선 타인으로부터의 인사, 횡단보도 초록불의 카운트다운이 빠르게 시작되는 와중에 주고받는 인사, 그 인사가 참 오랜만이라 반갑다. 제대로 된 답인사를 건네기도 전에 신호가 바뀌어 버렸다. 빨간불이 되어 저편으로 건너가 버린 아이의 뒷모습을 바라본다. "이상한 애네. 왜 모르는 사람한테 인사를 하지?" 옆에 있던 지인의 말은 왜 이리 낯설게 다가올까.

얼마 전 인근 중학교 북토크에 초청받았다. 어릴 때는 정말이지 학교 가는 게 제일 싫었는데, 학교 분위기가 이렇게나 고즈넉하고 또 정겨웠었나? 옛 추억을 회상하며 복도를 거니는데, 이내 종이 울리고 눈앞에 있는 10개 반에서 아이들이 와르르 쏟아져 나왔다. 어머나. 당황하여 어리둥절하고 있는 내게 학생들이 다가와 인사를 건넨다. 나도 인사를 하며 어깨를 최대한 동글게 말았다. 수업 시간에 잠재웠던 열기를 쉬는 시간에 방출하는 에너지가 너무도 뜨거웠다. 아, 이제 기억난다. 쉬는 시간에서 복도를 효율적으로 건너는 방법. '두 눈을 번쩍 뜬다.' '왁자지껄 지나가는 아이들 사이의 틈을 발견한다.' '재빠르게 그 틈을 파고든다.' 그렇게 몇 번 요리조리 순간이동을 하다 보면 목적지에 도착!

찰나의 순간에 숨을 돌리고자 도서관 문 앞에 섰다, 갑자기 배가 간지럽다. 간질간질. 누가 이렇게 내 배를 간지럽히나. 1분이면 걸어갈 그 복도에서 나는 수십 명의 학생들과 "안녕하세요?" 인사를 주고받았다. 학교에 침입한 저 외부인은 누구지라는 호기심이 귀여웠고, 나와 옷깃을 스친 사람에게 건네는 눈웃음은 청량했다. 도서관 문을 활짝 열었다. 나를 바라보는 학생들 앞에서 나는 뱃속에서 크게 숨을 끌어올린다. "안녕하세요!"

가족끼리 함께

　나는 막장 드라마를 좋아한다. 그리고 권선징악이 뚜렷할수록 더 좋아하는 것 같다. 막장이라는 말은 갈 데까지 갔다는 말이다. 주인공이 저렇게까지 착해빠질 수가 있다니! 세상의 모든 운이 주인공에게 쏟아지는 상황이 올 수 있다니! 매 순간 놀라게 되는 것이다. 또한 드라마이기에, 인간적인 요소가 많다. 웃기고, 슬프고, 설레고, 두렵고, 긴장되는 수많은 감정을 마주한다. 때론 두 가지의 감정을 한 번에 보여주기도 한다. 웃프게.

엄마는 아침, 저녁으로 드라마를 챙겨본다. 리모컨의 주도권은 전적으로 엄마에게 있기에, 다함께 드라마를 본다. 등장인물이 가슴에 손을 얹고 "이 안에 너 있다."라는 대사를 뱉으면, 나와 동생은 괜히 느끼하다며 으윽 소리를 내면서도 두근두근 설렌다. 주인공이 뽀뽀하는 장면에서는 괜히 옆자리에 있는 엄마 아빠의 존재감이 더 느껴져 버린다. 가슴이 저릿저릿 아리는 장면이 나오면, 안 우는 척 재빨리 눈가를 쓱 닦아낸다. 조용하고도 촉촉해지는 분위기. 그리고 들리는 쓱 하는 소리. 아, 아빠도 몰래 눈물을 닦았구나!

문득 알게 되었다. 가족끼리 함께 드라마를 보는 것은 서로 간 감정을 드러내고 공유하는 방법이었구나. 부모란 늘 가까우면서도 무게감이 느껴지는 존재다. 그리고 가장 잘 아는 사람인 것 같다가도 영원한 타자이다. 부모의 마음은 부모가 되어서도 다 헤아리기 어렵고, 자식의 마음은 늘 부모의 마음과 같지 않다. 영원한 타자로서 존재하는 부모를 이해하는 순간이, 내게는 드라마를 볼 때였다.

최근 우리 집 풍경을 되돌아본다. TV를 켜놓고 각자 휴대전화를 들여다본다. 뭐가 그렇게 바쁜지 귀로는 텔레비전 소리를 듣고, 손으로는 휴대전화의 문자를 보내고, 눈은 텔레비전과 휴대전화를 번갈아 가며 바라본다. 가족들의 감정을 돌아볼 시간은 없다. 휴대전화 4대보다는 TV 1대의 유용성이 더 컸구나. 새삼 깨닫는다.

친구라는 범위의
재정의

　진정한 의미의 친구라면 침묵이 편해야 한다. 고요한 침묵의 시간에 어떠한 말이나 행위로 채워 넣는 것이 아닌, 그저 가만히 있어도 편안한 그 관계. 그것이야말로 진정 친구가 아닐까? 그런데 오늘 나는 이 친구라는 단어를 다시 생각해 봐야 했다. 친구라는 범위에 우리 가족도 넣어보는 것으로.

　친구를 사귀는 것, 인맥을 넓히는 것, 폭넓은 네트워크를 가지는 것. 이 모든 것이 삶을 잘 살아내는 하나의 방법으로 여겨진다. 하지만 학교 친구, 동기, 선후배에게는 그렇게 많은 감정과 시간을 쏟아내면서, 가족에게는 그만큼의 노력과 관심이 없다. 태어났을 때부터 주어진 가족이라는 인간관계, 무엇이든 도와줄 것처럼 손을 내미는 가족의 마음을 어째서 당연하다고만 생각하게 된 걸까. 고든 던바의 《프렌즈》에서 저자는 이렇게 말한다. 우리 모두 똑같은 양의 감정 자본을 가지고 있다고. 사람들과 보낼 수 있는 시간과 양이 한정되어 있는데, 우리는 두루두루 폭넓은 인간관계를 위해 이 감정 자본을 타인에게 헌신한다. 그리고 그 속에서 되려 고독감과 허탈감, 회의를 느낀다. 상처 입은 우리는 가족의 온기 속에서 회복의 시간을 갖는다. 회복되고 나면? 또 뛰쳐나가 새로운 인간관계를 다지겠지만!

고든 던바의 《프렌즈》에서는 이런 내용도 나온다.

「인간의 가십 행위가 영장류의 털 고르기 행위와 매우 닮아 있다. (중략) 우리의 몸의 대부분에는 손질할 털이 없으므로, 우리는 그저 털 손질이라는 행위를 그것과 같은 효과를 지닌 쓰다듬기, 톡톡 두드리기, 껴안기로 대체했다.」

내게 한정된 시간과 마음의 양을 가족에게도 할당해야겠다고 다짐해 본다. 가족 또한 내 인생에 있어서 친구이기에 잘 쓰다듬고, 톡톡 두드려 주고 또 껴안아 줘야겠다고 마음먹어 본다. 그런데 잠깐, 시댁은? 시부모님을 쓰다듬고, 껴안는다고? 다들 미간을 찌푸리며 진지하게 고민하고 있는데 한 멤버가 이렇게 말한다. "우리는 시대 문화, 시월드라는 이름을 붙여가며 고착화된 이미지를 만들어 가고 있는지도 모르겠습니다. 시부모님도 그저 인간 대 인간으로서 마주한다면, 쓰다듬고 껴안는 게 무엇이 어려울까요. 그들도 우리 인생에 있어 한 사람의 친구인걸요." 그때 내 안의 모순과 마주했다. 친구라는 범위에 가족을 넣기로 했으면서, 그 가족에 시부모님은 조금 멀리 떨어져 있다는 것을. 가장 가까이에 있는 이들을 위해 시간을 내어주리라. 암묵적으로 모든 것을 허용받고 허용해 주는 이들을 위해 마음을 주리라. 그들과 쫀득쫀득한 우정과 사랑을 나누리라. 우리는 인생의 친구이기에.

나 혼자
잘난 맛

"우리 딸이 자기처럼 커 준다면 더는 바랄 게 없는 것 같아."

한 손님으로부터 이런 말을 들었다. 태어나서 이런 말은 또 처음이라 어떻게 대답해야 할지 난감했다. 나 같은 딸이라니! 엄마가 '너도 너 같은 딸을 키워 봐야 정신 차리지!'라는 말은 들어봤는데, 당황해하는 나를 두고 손님은 덧붙인다.

"당신의 생활력 강한 모습이 참 멋져요. 딸이 앞으로 뭐 해 먹고살지, 가족을 꾸리고 자기네의 삶을 잘 살아갈지, 부모는 그게 늘 걱정이잖아요. 하지만 당신을 보면 그렇지 않거든. 부족함 속에서도 어떻게든 하루를 살아내고, 하루를 채워가는 모습이 참 든든해요. 우리 딸도 당신처럼 한 사회인으로서 자신의 앞가림을 잘하고 살아갔으면 좋겠어."

그녀의 말속에는 딸을 향한 사랑과 염려, 부모로서의 막중한 책임마저 느껴진다. 그리고 나를 좋게 바라봐 주는 그녀의 애정 또한. 그녀의 말이 며칠 동안, 내게 머물렀다. 그녀의 말을 곱씹고 또 갈기갈기 헤치는 지경까지 이르렀다. 그리고 이내 스스로 칭찬하기 시작했다.

"그래, 내가 생각해도 내가 무척 대견해. 죽이 되든 밥이 되든 일단 내 몸으로 겪는 시행착오를 더 중요시하는 점도 아주 멋지군. 억척같은 생활력으로 아득바득 하루를 살아내는 나 자신이. 서서히 그러나 점차 성장해 나가는 내 모습이 참 애틋하면서 또 사랑스럽기도 해. 무엇보다도 그리 넉넉지 못한 환경에서도 조금의 주눅듦 없이 이렇게 힘차게 살아가는 게 참 끝내주네!"

그로부터 얼마 뒤《이어령의 마지막 수업》을 읽으며 손님들과 책방에서 독서 모임을 했다. 책에 대한 소감, 인상 깊었던 구절 등등을 나눈 후 마지막으로 서로가 책을 읽고 떠올렸던 질문을 나누는 시간이 있었다. 그때 한 손님이 내게 이렇게 물었다. "이 책은 저자인 김지수 씨가 스승인 이어령 선생님을 인터뷰한 책인데요. 여러분도 저마다 인생의 스승이 있나요? 마지막을 인터뷰하고 싶은 스승님이 있으면 이야기해주세요."

스승에 대한 질문은 생각보다 여러 번 받았다. 하지만 질문을 받을 때마다 떠오르는 선생님이 없다고 답했다. 유치원 때는 선생님께 잘 보이려고 엄마의 결혼반지를 선물로 주었던 기억이, 학창 시절엔 촌지 문화 때문에 소외된 순간의 감정이 떠올랐다. 더 커서는 공부를 뛰어나게 잘하거나, 외모가 출중하거나, 성격이 무진장 좋은 아이들이 선생님의 사랑을 독차지했다. 뭐든지 애매하기만 한 나에게는 진정한 스승이 없었던 것 같다. 그런 스승을 만날 기회도 확실히 적었고 말이다.

그런데 마지막 질문에 이상하게 부모님이 떠올랐다. 어렸을 때 한없이 커 보이고 멋지고 당당했던 부모님. 부모님의 학력을 뛰어넘고, 부모님의 되돌릴 수 없던 청춘을 가진 나에게 이제 더 이상 부모님이 멋져 보이지 않고 모난 부분만 도드라져 보였다. 왜 부모님은 저렇게 싸우듯 대화하는 걸까, 스마트폰도 배우려는 의지만 있다면 잘 써먹을 수 있는데 인터넷 최저가 찾는 게 뭐가 어렵다고 매번 시장에서 비싸게 사는 걸까, 은퇴 후 조금 쉬면 될 텐데 왜 저렇게 억척스럽게 일할까.

그러다 인정하고야 말았다. 부모님의 어투, 대화, 행동 그 모든 것은 어떻게든 살아내려 애쓰는 억척스러운 생명력이 묻어있는 것이라고. 손님이 칭찬했던 내 모습에도 이런 생명력이 묻어있는 것이 분명했다. 지금의 나를 만든 건 자신의 열정이나 노력이 아니었다. 나를 만들어 내고 일궈낸 건 스스로가 아닌, 나의 부모님이었다. 바보처럼 머리보다는 몸으로 경험해

보는 게 중요한 엄마의 삶의 태도. 개미처럼 일만 해대는 아빠의 근면성실함. 삶을 정직하게 직시하고 하루를 오롯이 살아내는 부모님의 여정. 나는 그 모든 것을 따라가고 있었다. 이어령 선생님은 이렇게 말했다.

「분명히 내 것인 줄 알았는데 다 기프트였어. 내가 벌어서 내 돈으로 산 것이 아니었다. 우주에서 선물로 받은 이 생명처럼, 내가 내 힘으로 이뤘다고 생각한 게 다 선물이더라고.」

책 속의 문장을 그저 활자로 아는 것이 아니라, 가슴으로 이해하는 순간을 목도한다.

두 발을 지탱하고 서 있는 나를 바라본다. 혼자서 서 있는 것 같지만 실은 여러 사람의 힘이 있기에 서 있는 것이다. '지금의 나를 이룩한 건 내가 아닌 모두 그네들 덕분이요.' '내일을 살아가는 이유도 다 그네들 때문이요.' 매사에 감사하게 되는 이유도 모두 다 그네들의 사랑임을 인정하지 않을 수 없다. 지금이 그 순간이다.

구아레아 나무처럼

"밥 맛없어."

나이는 네 살, 태어난 지 3년도 채 안 된 아이가 하는 말이 믿기지 않는다. 어이가 없어서 빤히 쳐다만 보는 나를 두고 남편인지 남의 편인지는 이렇게 말한다.

"할머니 집에 가면 밥 한 그릇 뚝딱하던데. 할머니가 해준 밥이 맛있긴 맛있지?"

"응!"

뭐가 좋은지 헤실거리면서 대화하는 저 둘을 보니 밥상을 엎어버리고 싶다. 그런데 아닌 게 아니라, 내게는 큰 고민거리다. 아들이 벌써 2주 가까이 저녁밥을 먹지 않는다. 점심과 저녁 사이 간식을 주지 않기도 했다. 허기가 최고의 반찬이라는 말이 있듯, 아이를 저녁 먹기 전까지 놀이터에서 빡세게 굴려보기도 했다. 하지만 그 모든 시도에도 불구하고 아이는 2주째 저녁밥을 두 숟가락 이상 들지 않는다. 고민 끝에 아이를 시어머니께 보내기로 했다.

할 일이 있는 나는 남고, 아들과 남편은 즐겁게 짐을 쌌다. 자그마한 가방을 메고 문을 나서는 아들의 걸음 소리에서는 수저통에 담긴 젓가락이 달그락달그락 소리가 났다. 젓가락마저 신나게 떠나는 것만 같아서 어이가 없다. 오후 6시에 간 아들과 남의 편은 9시가 다 되어 돌아왔다. 올챙이 배를 투둑투둑 두들기며 "북소리!"라고 외치는 아들, 그리고 "우리 아들, 오늘 두 그릇이나 먹었어!"라고 응답하는 남(의)편의 말에 기도 안 찬다.

때마침, 친정엄마가 오는 날. 세 시간 거리를 달려와야 하는데도 딸아이의 얼굴을 보고 싶다는 핑계로 온 엄마는 그동안 못 해준 걸 해주려는 듯 두 손을 걷어붙인다. 집을 쓸고 닦고, 창틀도 뽀득뽀득 윤이 나게 닦는다. "제발 안 해도 된다니까!"라고 소리쳐 봐도 소용이 없다. "차라리 집 밖에 나가서 외식하자!"라고 고함을 지르면 아빠는 차 트렁크에서 재어온 갈비와 파김치를 꺼낸다. 그네들의 마음이 늘 이렇다. 사랑이 이렇게밖에 표현이 안 된다. 그렇기에 딸은 늘 소리를 지른다. 미안하고 미안하고 또 미안하고 고마워서.

오랜만에 온 가족이 둘러앉아 갈비와 파김치에 저녁 식사를 한다. 아들이 허겁지겁 입에 밥을 욱여넣는다. 수저와 포크쓸 시간도 없는지 맨손으로 밥을 움켜쥐어 입에 넣는다. 잘라놓은 갈비도 그냥 쓸어 넣는다. "아가야. 밥을 좀 천천히 묵거라. 엄마가 밥을 안 주더나." 내가 정말 억울해 죽겠다. 젓가락을 탁하고 내려놓는 나에게 엄마가 걱정스레 말한다. "딸, 파김치 있으면 세 공기도 먹더니 왜 두 공기만 먹어." "몰라!!!"

엄마 앞에 서면 나는 여전히 어린 아이 같고 누군가의 딸일 수밖에 없다. 엄마 앞에서 그동안 남(의)편의 만행, 아들의 쓸데없는 솔직함을 털어놓는다. 내 심정을 알아달라고. 엄마는 딸의 이런 태도에 철없다고 말하지도, 비웃지도 않는다. 담담히 들어주고 엄마만의 해석을 내게 건네준다.

"아들과 남편이 그런 행동을 하는 건, 가족이 행복하다는 방증이야. 네가 가족에게 늘 애정을 주니까 밥을 먹지 않아도 이미 배부른 거지. 아이들이 얼마나 지혜로운지 아니? 밖에 나가면 밥을 잘 먹어야 해. 그게 생존의 원리거든. 그래야 귀염받고 사랑받거든. '아이가 참 밥을 복스럽게 잘 먹네' '아이가 참잘 먹네'라고 말이야. 그런데 집에서는 밥을 먹지 않아도 이미 사랑과 애정을 듬뿍 주잖아. 안 그래? 그리고 조금만 기다려봐. 모든 것은 시기일 뿐."

밥이 맛있또

　묘하게 설득이 되는 엄마의 말에 고개를 끄덕였다. 그 뒤로 몇 번 아이가 더 저녁을 넘긴 적이 있었지만, 그것도 아이가 성장하면서 겪는 한 시기였나 보다, 하고 기다리게 되었다. 그리고 시간이 지나 오늘날의 우리 아이는 김만 줘도 밥을 꿀떡꿀떡 잘 먹는다. 정말, 엄마 말이 맞았구나. 엄마의 말에는 경험과 연륜, 그리고 무게가 있다.

　열대 폭풍이 중앙아메리카와 남아메리카 대륙을 관통하면 구아레아 같은 나무는 버틸 수 있는 데까지 버텨보지만 그래도 바람이 너무 강하면 쓰러질 수밖에 없다. 하지만 이 나무는 가로로 누운 상태에서도 결코 포기하지 않는다. 구아레아는 어느새 쓰러진 몸통에서 새로운 싹을 틔워 올린 후 자기가 품고 있던 식량과 수분을 공급해 준다. 이 새싹이자 복제된 나무가 뿌리를 내리고 홀로서기 준비를 갖출 때까지. 내게 엄마는 이 구아레아 나무와 같다. 흔들리며 버티면서도 살아가는 엄마로부터 삶의 태도를 배운다. 나 또한 외풍에 흔들리며 꺾이는 순간에도 엄마가 건네준 삶에 대한 확고한 직시와 의지, 그리고 지혜로 버티며 살아가고 있다. 나도 누군가에게 그런 존재가 되어줄 수 있을까? 나도 엄마가 될 수 있을까.

평생직장 없으니,
평생 공부

최근 하나둘 시래기 같은 상태로 독서 모임에 오는 멤버들이 있다. 왜 이렇게 피곤해 보이는지 물어보면 하나같이 공부한다고 한다. 한 멤버는 3D 애니메이션을 배우기 위하여 정기적으로 서울에 다녀온다. 다른 한 명은 코딩을 배우기 위해 퇴근 후 공부를 시작했다. 다른 한 사람은 "근로소득의 시대는 끝났어요"라고 말하며 주식과 부동산 투자에 관한 스터디 모임을 다닌다. 그들의 결론은 하나다. 평생직장의 시대는 끝났다. 평생 공부해야 하는 시대가 왔다. 멤버들의 열정적인 모습이 멋져 보이지만, 실은 그보다는 마음이 더 쓰인다. 일만 해도 만만치 않을 텐데, 새로운 직업에 대한 탐구와 공부, 독서, 자기 계발에 운동까지! 그렇게까지 해야 할 정도로 우리의 미래는 불안과 불확실로 점철된 것일까.

조급함과 두려움은 전이되기 쉽다. 나는 혼자서 코딩 언어 파이썬을 배우고, 재테크 공부를 시작했다. 하지만 공부할수록 두려움이 뒤섞인 복잡한 마음이 더더욱 커져만 갔다. 파이썬을 배우고 나면 새로운 코딩 언어가 등장하지 않을까? 웹툰과 웹소설 쓰는 법을 배우고 나면 새로운 문화의 장르가 만들어지지는 않을까? 주식과 부동산은 가히 가변적인데, 이론과 기법으로 배울 수 있는 건가? 내가 배우는 동안 새롭게 등장할 문화와 기술, 내가 그것들을 다 따라갈 수 있을까? 그러다 문득 이런 생각이 드는 것이다. 나는 변화하는 세계에서 근원적 생존 방식을 배우는 것이 아니라 단지 찰나의 기술만을 알려고 하는 건 아닐까.

얼마 뒤 독서 모임 멤버로부터 질문을 받았다. "책방지기님은 한 달에 스무 개가 넘는 독서 모임을 운영하고 있잖아요. 모임마다 참여자의 나이, 직업, 성별이 모두 다를 텐데, 그들과 어울리는 데 부담감이나 어려움이 없나요?"

뭐라고 대답할 수 있을까. 실제로 독서 모임 참여자의 연령대, 직업, 성별은 모두 다양하다. 개인마다 성격도 다르다. 책을 읽는 방식도, 이야기하는 스타일도, 대화할 때 나오는 제스

처마저 다르다. 하지만 다르기에 독서 모임이 의미가 있고 또 재밌는 거다. 모두가 통통 튀는 다채로움을 하나로 버무려 주는 역할도 분명 필요하다. 그게 바로 책의 존재다. 공통의 대화 소재가 있기 때문에 더 이상의 공통점은 필요치 않다. 책을 각자의 방식으로 읽고, 해석하고, 받아들이는 것. 그리고 타인의 생각을 들어보며 다양성을 인정하는 것. 그것이 독서 모임의 진정한 의미가 아닐까? 그런 의미에서 독서 모임은 내겐 삶에 대한 이해요, 공부다. 그리고 그 과정 또한 즐거움이다.

그래, 이제야 알겠다. 공부라는 게 새로울 게 있나 싶다. 공부는 살아가는 것 그 자체인 것을. 책을 비롯한 다양한 매개점을 통해 사람을 만나고, 서로의 배경과 차이를 인정하고, 이내 그들과 어울려 더불어 사는 방법을 배우고, 끊임없이 변화하는 세상에 함께 살아가고자 노력하는 것. 그것이 모두 공부일 것이다. 그것도 평생의 공부 말이다. 평생직장이 없는 불안정함 속에서도 변하지 않는 것은 분명 인간일 것이다. 인간만의 특성, 본능, 사회의 모습은 수많은 고전이 들려주는 것처럼 변화하지 않을 것이기에. 세계와 나 자신에 관한 공부를 나는 지금처럼 해나가야겠다. 살아가며 배워야겠다. 살아가기 위해 또 공부해야겠다.

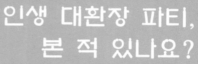

5부

인생 대환장 파티,
본 적 있나요?

왜 아직 인간관계가
힘든 거죠?

스물넷에 직장생활을 시작했다. 힘들었지만 그 시절이 그립기도 할 만큼 4년을 열정적으로 보냈다. 그리고 지금은 카페&서점을 운영하며 책방지기로 불리고 있는데, 이 직업도 벌써 5년 차다. 도합 9년의 사회생활이면, 이쯤 되면, 인간관계가 조금은 쉬워져야 하는 게 아닌가. 다양한 사람들을 만나고, 많은 경험을 하고, 다채로운 이야기를 주고받지 않았던가. 어제보다는 더 나은 내가 되어있음을 느끼는데, 지금쯤은 인간관계가 한결 편해져야 하는 게 아닌가.

독서 모임 멤버 A씨는 최근의 일로 마음이 뒤숭숭했다. 독서 모임에서 만난 다른 멤버들이 A씨만 빼고 독서 모임을 시작했기 때문이다. 처음에는 눈치채지 못했는데, 각자가 인스타그램에 올리는 포스팅을 보고 혼자만 소외되어 있음을 알아챈 것이다. 그런데 이런 일로 비판하기에는 뭔가 내가 쩨쩨해질 것 같고, 그럴듯한 명분도 없다고. 그 이야기를 듣고 있는 책방지기는 마음이 심란하다. 인간관계에서 그 코드라는 게 무엇이길래, 누군가는 소속시키고 누군가는 배제할 수 있는 걸까. 그때 A씨가 이런 말을 건넸다. "이곳 독서 모임 멤버들도 최근에 안 나오고 있죠? 다들 그쪽으로 간 거 알아요?"

그래 느끼고는 있었다. 하지만 내가 어렴풋이 알고 있는 것과, 타인이 말로 짚어주는 것은 엄연히 그 무게감이 다르다. 3년간 무료로 운영하던 독서 모임을 유료로 전환하면서 이탈자가 대거 발생했다. 책 한 권 더 팔고 싶어서, 커피 한 잔 더 팔고 싶어서 시작한 독서 모임은 예상한 것보다 더 많은 시간과 노력이 들어갔다. 카드 뉴스를 만들고, 멤버를 구하고, 단톡방을 구성하고, 각자의 일정을 조율하고, 책을 읽고, 질문거리를 만들고, 독서 모임을 진행하고, 다음 모임을 구성한다. 와해되지 않고 오랫동안 유지된다는 건 분명 누군가의 애정이 들어갔다는 증거다. 월세도 남편 도움으로 내고 있는데, 더 이상 무료로 진행할 수 없어서 결정한 것이다. 이탈자가 생기는 건 당연하다고 생각했지만, 그 여파가 이토록이나 큰지 몰랐다. 또 누군가가 만든 무료 독서 모임이 이토록 파급력이 있는지도. 갑자기 속상함이 몰려온다. 다른 대형 서점에 가서는 '책 샀으니까 독서 모임 해줘' 이런 말씀 하시나요? 다른 카페에서는 '차 한잔 여기서 마실 테니까, 독서 모임 진행 좀 해주세요' 라고 부탁하시나요? 작은 동네 서점이라서, 작은 카페라서 너무 편하게 부탁하는 거 아닌가요? 한참을 울분을 토해봐도 갈무리되지 않는 이 마음이 버겁기만 하다.

그 후로 몇 번 A씨를 만났다. 유료 모임으로 전환되자마자 탈퇴한 멤버들을 우연히 마트에서 만나기도 했고, 이곳에서 만난 인연끼리 나가서 새로운 독서 모임을 만든 멤버들도 마주쳤다. 그때마다 내게 가장 먼저 다가온 감정은 바로 '반가움'이었다. 타인에 대한 미움과 증오, 미련보다 반가움. 속상하고 미운 감정이 한편에 남아있는 것은 분명하다. 하지만 정말 이상하게도 그 사람의 얼굴만 봐도, 모난 감정이 모두 사라져 버리는 게 아닌가. 도대체 왜 그런 걸까? 곰곰이 생각해 보니 나온 답은 이거였다. 멤버들 한 명, 한 명 모두가 분명 좋은 사람이었기에 미운 감정보다는 애정이 먼저 나갈 수밖에 없었구나.

진정한 문제는 그들과 나의 관계에 있는 것이 아니라, 내 마음에 있었다. 독서 모임이 유료로 전환된 만큼 무료 독서 모임과는 다른 차별점을 만들고, 멤버들이 이탈한 만큼 더 되돌아올 수 있는 매력적인 포인트를 만들어 나가 보자. 그게 내게

주어진 숙제이고, 나는 그들이 내어준 숙제로 더 단단해지고
더 여물어질 것이다.

임대차 갱신계약,
미래의 용기

　가방 속에서 인감도장과 인감증명서 그리고 인주가 털털거리며 돌아다니고 있다. 인감이 주는 묵직함으로 괜히 가방을 꽈악 움켜쥐게 한다. 살면서 생각보다 인감도장을 쓰는 일이 많지 않은데, 오늘은 바로 임대차 계약을 두 번째로 갱신하는 날이다.

　임대인이 미리 도장을 찍은 상태라 계약은 빠르게 끝났다. 임차인 자리에 인감을 찍고, 몇 장의 계약서에 간인을 하고 나니 5분이 채 안 되었다. 이로써 나는 앞으로 2년의 세월을 이 공간에서 더 보내게 될 것이다. 내 손에 쥐어진 한 부의 갱신 계약서를 꼬옥 쥐고 나는 우두커니 서서 하늘을 올려다봤다. 가을의 하늘은 높고 또 높아서 닿을 수 없는 막연함을 느끼게 한다. 셔츠 사이로 들어오는 한 줌의 바람은 곧 다가올 겨울을 대비하며 미리 내 몸을 긴장시킨다. 그러나 이내 머리 위로 내리쬐는 햇볕을 통해 이윽고 봄과 여름 그렇게 두 번의 다가올 사계를 기대하게 만든다.

계약서를 들고 가게로 돌아오니 단골손님이 기다리고 있었다. 인사도 건네지 않고 손님을 향해 대뜸 이렇게 말해버렸다. "저, 오늘 임대차 계약 갱신했어요." 이런 나를 두고 손님은 가볍게 내 어깨를 두드렸다. "이곳에서 당신의 삶 4년을 보냈는데, 앞으로 2년간 또 저당 잡혀버렸네?" 우리는 서로 웃으며 차를 마셨고, 갱신계약을 기념해 떡볶이와 순대를 나눠 먹었다. 손님이 가고 한참이나 고요한 공간을 찬찬히 걸어보았다. 8평밖에 되지 않는 아주 작은 공간이지만, 찬찬히, 한 발, 한 발 걸어보면 충분히 많은 시간을 할애할 수 있다. 두둑이 쌓인 많은 책, 나의 작업공간이 되어버린 4인석 테이블 하나, 테이블 옆에 켜켜이 쌓여있는 A4 박스들, 길이가 제각각인 연필과 볼펜이 삐죽삐죽 꽂혀있는 정리함. 이 공간에는 나의 취향, 가치관, 이내 인생과 삶의 방식마저도 묻어있다.《문장과 순간》에는 이런 문장이 나온다.

「문장은 활자로 남지 않고 삶으로 들어와 순간을 주목하게 하고 생각하고 움직이게 만든다.」

지금까지 이 공간을 운영하며 읽었던 책 속 문장들이 내게 그랬다. 손님들이 내게 건넨 한마디의 말들 또한 드라마 속 대사이자 하나의 강렬했다. 4년의 고뇌와 치열한 고민 또한 그랬으며, 앞으로 내게 주어진 2년도 그럴 것이다. 내가 사는 세상이 지금 이곳이고, 내가 마주하는 사람들이 나와 함께 살아가는 이들이다. 매 순간 살아내는 삶은 살아낼 만했으며, 살아갈 만했고, 또 살만했다. 오늘을 기점으로 내게 주어지는 2년의 세월도 잘 살아내 보자. 잘 살아가 보자. 잘 살자.

넌,
화강암을 닮았어

"계절이 바뀌니 몸이 무겁네. 나 먼저 출근한다! 오늘 하루
도 힘내라!"

부스스 일어나서 남편이 보내고 간 메시지를 확인했다. 가
을은 여실히 느껴지고 이제는 겨울이 저 멀리서 "나 곧 갈게!"
라고 소리치는 것만 같다. 이런 날은 확실히 몸이 무겁다. 계
절이 변화할 때마다 신기하게도 몸도 그에 반응하고 적응기를
갖는다. 이제 추운 겨울이 올 거니 대비하라고 미리 찬바람이
경고하면, 내 몸이 그 신호에 반응하듯이.

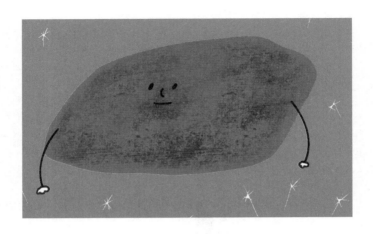

남편은 매일 오전 5시 일어나서 출근한다. 요즘은 나름 근거리인 창원으로 출퇴근하지만, 불과 몇 개월 전만 해도 울산과 경주로 일하러 갔다. "하루에 서너 시간 자는 일상을 6년간 반복했잖아. 이 정도면 사람이 죽겠구나 싶었는데, 다 살아지더라." 공사 현장에서 일하는 남편의 몸에는 매일같이 작은 생채기가 있었다. 다치면 다쳤다, 힘들면 힘들다 말하는 법이 없기에 늘 상처는 숨겨졌다가 이내 적발되었다. 공사 현장의 일은 고되고 또 하루하루가 처절해서 수많은 젊은 청춘들이 썰물처럼 들어왔다 나갔다. 그래서 늘상 막내로만 일하던 그는 일터를 이렇게 회상한다. "공사장 나가서 일하는 사람들 보면 다 가장이야. 그 무게 앞에서는 소장이든 막내든 다 똑같아."

가장이라는 단어를 곱씹어 본다. 기술은 진보하고 세상은 빠르게 변하고 있지만, 가장이라는 단어 자체가 주는 애처로움은 변하지 않은 듯하다. 힘들지 않느냐는 내 물음에 "살아가는데 굳이 깊이 생각할 필요가 있나. 주어진 하루를 그냥 묵묵히 살아내는 게 삶인 거지"라고 답하는 그의 말이 너무나도 우직해서 웃음만 나왔다.

남편은 화강암 같다. 화산 활동과 강력한 압력으로 생성된, 거칠고 단단해서 왠지 모르게 듬직한 화강암. 우리나라에서 가장 흔하고도 가장 널리 덮여있는 돌. 이 희읍스름한 화강암은 참 단단해서 디딤돌이나 계단, 건축물의 외장재로 많이 쓰인다. 건축물에서도 내부가 아닌 외부에서 그 쓰임을 다하는데, 모진 풍파를 다 견뎌내는 그 강인함과 우직함이 보인다. 때마침 읽고 있던 《아주 사적인 궁궐 산책》에도 궁의 건축자재로 화강암이 등장했는데, 나도 모르게 "남편 이야기네"라고 읊조렸다. 비단 남편뿐일까. 동트기 전 건축 현장에서 일하고 있는 수많은 사람 또한 화강암일 테다. 《아주 사적인 궁궐 산책》에서는 화강암을 이렇게 소개한다.

「유럽에서처럼 수려한 대리석을 볼 수 없다는 사실에 실망하는 사람도 많다. 한국의 궁에서는 유럽의 궁 곳곳에 놓인,

금방이라도 살아 움직일 것 같은 매끈한 피부의 대리석 조각상은 찾기 힘들다. 대신 정강이뼈가 쪼개질 듯한 추위와 정수리를 녹여내는 더위, 돌연 찾아오는 태풍과 건조한 공기를 수백 년간 견디며 한결같은 모습으로 서 있는 화강암이 있다. 나는 이것이 어쩐지 대단하게 느껴진다.」

묵묵히 그 우직함을 쌓아온 그네들의 돌 같은 모습이 내게도 하루를 시작할 힘을 준다. 남편은 "깊이 고민 없는 삶을 살고 있다"고 말했지만, 나는 그의 말에서 일상의 철학을 깨우친다. 자기 인생을 그 자신만큼 진지하고도 철저하게 생각하는 이가 어디 있을까. 그대의 삶을 진심으로 존경한다. 그대에게 때론 연민을 그리고 자주, 사랑을 느낀다.

인생이라는
도서관

진주에는 유등축제가 단연 최고의 축제다. 진주시민으로서 이런 행사에 빠질 수 없다. 남편과 아이와 함께 택시를 타고 행사장 근처까지 이동하는데, 저녁 시간인 데다 행사장 근처라 평소보다 두 배 이상의 시간이 걸렸다. 그 사이. 택시 기사님의 이야기가 펼쳐졌다.

애니메이션을 공부한 아들은 어렸을 때부터 그림을 잘 그렸단다. 개를 그리면 개가 살아 움직이고, 고양이를 그리면 곧 튀어나와 할퀼 것같이 생겼다고. 그럼에도 아들이 미술하는 걸 영 싫어했다.

"콤퓨터로 그림 그린다고 눈을 못 뗀다 아이가. 근데 부모라는 게 다 그렇지 뭐. 하고잽이 다 시켜주고 싶재."

현금 3천만 원을 모두 털어 아들의 일본 유학자금으로 대주었다. 그런데 아불싸! 코로나가 터지는 바람에 입사하기로 예정되어 있던 회사도 없던 일이 되고, 학교도 휴학했다. 계약해 놓은 일본 집의 월세만 털리고 곧 끝날 것 같던 코로나는 이제는 평생 함께해야 할 것 같은 전염병이 되어버렸다. 그렇게 유학자금은 아무것도 해보지 못한 채 바닥이 나버렸다. 기사님은 씁쓸한 표정을 감추지 못하면서도 "그래도 내가 할 수 있는 최선을 다한 거라. 그 아아만 안타깝재."라고 아들을 걱정한다. 그러더니 뒷자리에 잠자코 이야기를 듣고 있는 아들에게 이렇게 말한다. "손주가 있기 전에는, 손주 좋아하는 친구들이 헤실헤실 바보처럼 보였는데, 내가 지금 바보가 되어 삐더라! 애기 많이 사랑해주이소. 하고잽이 다 시켜주고." 기사님의 덕담과 더불어 서로 정겹게 인사하며 택시를 내린다.

행사장으로 걸어가는 동안 남편은 이렇게 말한다. "역시 넌." 그래. 난 교통사고가 난 와중에도 레커차, 카센터 아저씨랑도 친구 먹은 사람이야. 뭘 새삼스레. 이상하게도 이야기는 늘 내게로 걸어오곤 했다. 택시만 타면 기사님들이 말을 걸어오고, 식당에 가면 아주머니들의 푸념 섞인 이야기들이 귀로 들어와 가슴에 머문다. 지역을 가리지 않고, 어디 가나 그렇다.

특히 카페&서점을 운영하며 만난 무수히 많은 사람의 인생 또한 늘 내 곁으로 걸어 들어온다. 그 이야기들이 저마다 한 권의 책과 같아서 내버려 둘 수가 없다. 이야기마다 남겨있는 삶의 애환과 지혜는 그저 듣고 흘리기엔 너무 아깝다.

오늘도 한 편의 이야기가 문을 열고 서점에 들어왔다. 나는 손님에게 사적인 이야기를 절대 묻는 법이 없었는데, 오늘도 어쩌다 한 단골손님의 인생을 듣게 되었다. 식물 영양제 회사를 운영하다 전문 사기꾼에게 사기를 당해 25억을 잃은 경험이

있다는 손님의 말에 나는 진심으로 놀랐다. 그녀는 개인파산까지 갔던 시간을 떠올렸다. 평소 사람을 너무 사랑하고, 사람과 어울리는 게 너무 좋았기 때문에 한없이 그 마음을 나눠주었고, 정말 힘든 시기에는 애정을 다시 되돌려 받았다. 사업을 말아먹었을 때는 남편과 잘잘못을 따지지 않고 그저 함께 이겨낼 생각만 했다. 그렇기에 지금처럼 너무 바빠 서로의 얼굴을 보지 못했을 때보다, 함께 붙어있으며 아등바등 애썼던 그때가 더 그리워지는 순간도 있다고. 지금도 잘 이겨낼 것이라 믿어 의심치 않는다는 그녀의 말에 왜 이리 울컥하던지.

그녀의 이야기를 통해 삶을 살아내는 하나의 방법을 배운다. 그 외에도 남편의 인사이동으로 아무 연고도 없는 진주로 와서 외로움을 많이 타는 한 손님의 이야기, 성적 때문에 울고불고하는 중학생 손님들, 사랑이 최대의 고민인 청년 손님 등등. 수많은 손님의 이야기들을 마음으로 듣는다. 그리고 그네들의 인생이 담긴 한 권의 책을 내 마음속 도서관에 보관해 둔다.

이런 나를 두곤 감정 낭비를 한다고 말하는 이들이 있다. 나는 절대 그렇지 않다고 고개를 젓는다. 나는 평소 릴케가 한 말을 자주 떠올리곤 한다.

「설령 당신의 인생이 어떻게 되든, 그 사랑은 당신의 갖가지 경험이나 환멸, 기쁨 등의 모든 실 중에서 가장 중요한 실이 되어 당신 생성의 직물 사이를 꿰뚫어갈 것이라고 저는 확신합니다. 어떠한 체험도 결코 무의미하지 않으며, 아무리 사소한 일도 운명처럼 전개되어 나갑니다. 운명 자체는 불가사의한 넓은 직물 같아서, 그 속에서는 한 올 한 올의 실이 한없이 상냥한 손에 의해 짜이고, 다른 실 옆에 나란히 놓이며, 다른 수백의 실에 의해 지탱되어 있습니다.」

인생은 직물 같고, 내가 듣고 겪는 하나의 일들이 한 올 한 올 실이 되어 나를 만들어 간다. 인생은 도서관과 같고, 내가 듣고 읽는 하나의 일들이 한 권 한 권 책이 되어 도서관을 채워간다. 모든 이들의 삶은 이토록 놀랍고, 아름답고, 지혜로움을 만들어 낸다.

단골손님과의
68분 통화

　고백하건대 남편을 비롯한 어떠한 가족과도 이렇게 길게
통화해 본 적 없다. 나는 오늘 우리 서점의 단골손님과 무려
68분간 통화를 했다. 1시간이 넘어가는 통화는 사람의 마음을
알기에 충분한 시간인가 보다. 주말에 각자 뭐 하고 놀았는지
부터 시작해서, 각자의 하소연으로 이어지는 통화는 조금 낯
설지만 새롭고, 이내 마음에 스며드는 따뜻함으로 노곤해진다.
내 마음을 터놓는 일은 쉽지 않을 것이라 여겼지만 막상 이야
기하다 보니 술술 풀어졌다. 마음의 주머니가 너무 버거워 조

금은 풀어지길 바랐나 보다. 그래서 나도 모르게 이야기가 술술 나왔다.

주말에는 독서 모임 멤버 4명과 함께 서울로 1박 2일 여행을 다녀왔다. 《아주 사적인 궁궐 산책》이라는 책을 읽은 김에 궁 투어를 가는 문학기행이었다. 서울의 지리를 몰라서 잠자코 멤버들을 따라다녔는데, 이상하게 가는 곳마다 다 익숙한 것이 아닌가? 서울역을 나오자마자 보이는 익숙한 전 직장의 건물이 시작이었다. 이어 시청광장과 덕수궁, 윤동주문학관과 청운문학도서관, 창덕궁, 국립중앙박물관을 방문했는데, 생각해보니 이 길은 늘상 다녔던 출장길이었다. 서울시청으로 수십 번 회의하러 갔으면서도 시청 바로 옆이 덕수궁이었다는 것을 몰랐던 것이다. 국립중앙박물관에 수십 번 들렀어도, 전시를 둘러볼 생각을 단 한 번도 해본 적 없다. 늘 목표한 장소에 가기 급급해 주변을 둘러보고 여유를 가지는 것마저도 하지 못했다. 지난날의 나는 도대체 무엇을 하고 살았던 거지? 무엇이 그리 바쁘고, 무슨 일이 그리 막중했기에 여유가 없었던 걸까.

그렇다면 지난날과 달리 지금의 나는 다를까? 내게 주어진 순간을 분명 즐기면서 잘 살아내고 있는 걸까. 후회되는 직장인의 삶을 반복하고 있지는 않은가? 서점에서의 세월이 눈앞에 스친다. 월세를 못 내서 은행을 전전하며 사업자 자금 대출 받은 날은 코끝이 시렸다. "이제 카페&서점 장사 잘되는 것 같은데, 독서 모임 무료로 하고 자선도 하세요"라고 말하는 사람 앞에서는 가난을 증명해 보여야 하는 현실이 기막혔다.

"사업인데 너무 바보같이 운영하는 거 아입니꺼"라는 구수한 사투리가 휴대전화 건너에서 들려온다. 그네의 목소리에는 염려와 애정이 묻어있다. 나를 대신한 그녀의 분노와 한숨이, 나를 되레 웃게 만든다.

68분의 통화로 5년의 세월을 오간다. 사람은 어째서 좋았던 순간보다 힘들었던 시간을 더 짙게 기억하는 걸까. 매 순간 성실히 삶을 직면해 왔기에 힘든 순간이 선명한 것일지도 모른다. 서울 출장길에서 외로움이라고는 느끼지 못했던 그 순간이 사실은 외로움이라고 이제야 깨닫는다. 그리고 지난날의 미련을 단 1박 2일의 여행으로 모두 보상받는다. 슬프고 외롭고 분노하는 순간도 있었지만, 사람들로 인해 함께 웃고 떠들었던 찰나도 있다. 그런 찰나들이 모여 순간을 만들고, 그 순간은 마음의 힘이 된다. 아아, 사람을 좋아하지 않을 도리가 없다. 내게 소중한 공간을 몰아주는 이 서점을 포기하려야 할 수가 없다. 세계를 이해하고, 세상을 알아가고, 사람을 사랑하는데 이보다 더 좋은 곳이 어디 있으랴.

「누구를 인정하기 위해서 자신을 깎아내릴 필요는 없어. 사는 건 시소의 문제가 아니라 그네의 문제 같은 거니까. 각자 발을 굴러서 그냥 최대로 공중을 느끼다가 시간이 자나면 서

서히 내려오는 거야. 서로가 서로의 옆에서 그저 각자의 그네를 밀어내는 거야.」(《경애의 마음》, 김경희)

일상 도처에 널려있는
언어유희

　나에게는 정기적으로 벌어지는 일이 몇 있는데, 그중 하나가 교통사고다. N년을 주기로 돌아오는 크고 작은 교통사고. 오늘이 그날이었다. 출근길에 차가 빽빽이 서 있었고, 나는 무리해서 우회전하려다 그만 화단 경계석에 차를 들이대고 말았다. 픽! 출근길의 교통사고는 얼마나 절망적인가! 나의 출근 시간은 지키지 못할지언정 다른 사람의 출근 시간마저 잡아먹는 일만은 막고 싶었다. 쿵덕쿵덕탈탈탈털털. 이상한 소리를 내는 차를 기어코 끌고 움직인다. 조금만! 조금만! 저 앞에 주차장까지 쪼매만 더!

나의 이 절박함이 통한 걸까? 한 아파트의 경비원이 정차할 수 있도록 자리를 내어주었다. 폴더인사를 건네고 보험회사에 연락했다. 오른쪽 앞바퀴는 아예 퍼져서 휠까지 갈아야 했고, 뒷바퀴는 큰 구멍이 나 있었다. 내 설명을 들은 보험사는 "일반 레커차로 안 되겠는데요. 큰 거 하나 보내드릴게요"라고 말한다. 큰 거? 큰 거는 또 처음인데? 그렇게 40여 분간 기다리니 도착한 큰 차는, 정말 컸다. 큰 거에서 내린 기사님은 내게 상황을 물었다. 조금 긴장이 되었는지 목소리는 살짝 떨렸다. 우회전하다 화단 경계석에 부딪혔다고 상황을 설명하자, 기사님이 이렇게 말한다. "차랑 손잡고 화단에 꽃 보러 다녀오셨나 보네요." 한껏 긴장해 있는 내게 건네지는 농담은 정말이지 유쾌하고, 또 멋스러워서 그만 웃고 말았다. 기사님도 반응이 좋은 나를 두고 크게 웃는다. 그래, 이미 벌어진 일, 웃고 넘기자. 이 얼마나 마음이 가벼운가! 수리센터에서 받은 견적서에는 공임을 포함하여 총 66만 원이 찍혔다. 이 금액마저도 이젠 하나의 개그 같다. 66이라니. 내 옷 사이즈랑 같잖아? 금액도 찰떡같이 잘 나왔네.

어쩌면 내 하루를 온통 잡아먹을 수도 있는 사건이, 기사님의 한마디로 시시하게 넘어가 버렸다. 그 덕에 나는 가벼운 마음으로 독서 모임에 참석할 수 있었다.

이날 저녁에 개기월식이 있었다. 지구의 그림자가 붉은 달을 가리고, 그달은 다시 천왕성을 가리는 진귀한 밤하늘의 경이로움이 눈앞에서 펼쳐졌다. 교통사고로 온종일 마음이 심란했다면 눈에 담지도 못할 광경이었을지 모른다. 말 한마디로 모든 걱정 근심을 떨쳐내 준 기사님의 언어유희가 참으로 대단하다고 할까. 독서 모임 멤버들과 달 사진을 찍으며 '내가 잘 찍었니' '너는 못 찍었니' 하고 있는데 한 멤버가 이렇게 말한다. "달이 눈썹만 했는데 이제는 눈곱만하네. 에잇! 사진 다 찍었다." 그네의 말에 우리는 박장대소하고 말았다. 칼 세이건의 《코스모스》독서 모임을 할 때 한 손님이 전해준 말이 떠올랐다.

「우주를 보고 싶다면 그저 하늘을 올려다보세요. 공기는 투명하기 때문에 올려다보는 하늘이 그냥 쌩 우주인 셈입니다.」

우주를 보려면 그저 하늘을 올려다보면 된다는 그 말이 얼마나 멋지던지. 내가 오늘 찍은 달의 사진도 우주를 담은 거구나 깨닫게 된다. 사진 안에 담겨있는 우주의 경외감을 함께 나누고 싶어 다른 손님들에게도 문자를 보냈다. "다들 하늘을 올려다보며, 우주를 즐기세요!"라고. 그런데 곧 손님이 답장을 보내온다.

「울 집구석, 방금 소식을 전달해 드립니다.」

아내: 오늘 달을 봐야 해.

남편: 보름이야?

아내: 아니, 월식이잖아.

남편: 삼식이도 아니고 월식?

아내: 밥밖에 모르는 인간아, 헤어지자.

모든 이들의 말을 가만가만 곱씹어 보면 이런 언어유희와 해학이 담겨있다. 그 말들은 거저 나온 것이 아니라는 것을 안다. 그네들의 경험, 생각과 가치관, 마음씀 그 모든 것이 묻어 있는 것이다. 삶의 체취가 묻어있는 것이다. 누구나의 말에는 이런 유쾌함, 그리고 아름다움이 있다. 어쩌면 스쳐 지나갈 수도 있는 말들을 '아름답다' 인지하고, 감사하게 여길 수 있는 이 순간이 내겐 벅차오른 감동이다.

부탁을 들어줬을 때
보답을 해줄래?

　서른 살 이전의 나는 주로 부탁을 하는 사람이었다. 사회에서의 경험도, 삶의 연륜도 부족했으니 부탁을 해야 했다. 부탁을 통해 몰랐던 부분을 메우기도 했으니, 부탁함으로써 하루하루를 꾸려 나가고 자립할 수 있는 나로 성장했던 것 같다. 부작용이 하나 있다면, 누군가에게 부탁할 때는 늘 '죄송한데'라는 말을 달고 다닌다는 것.

　"죄송한데, 반찬 좀 더 주실 수 있으실까요?"

　"죄송한데, 화장실은 어디일까요?"

서른 살이 넘은 나는 이제 주로 부탁을 받는 편이다. 아들로부터, 남편으로부터, 그리고 손님으로부터. 특히 손님들에게 특이한 부탁을 많이 받는 편이다.

"잠시 외출해야 하는데, 우리 아들 좀 봐줄 수 있을까요?"

"착불 택배를 받아야 하는데 보관해 주실 수 있어요? 착불비는 드릴게요."

"우리 딸이 이번에 독서공모전을 나가는데, 독후감 좀 봐주세요."

"우리 아이가 이번에 전교 회장에 나가는데, 공약을 PPT로 담아주세요."

"블로그, 인스타그램을 어떻게 사용하는 건지 알려주세요."

"카드뉴스 같은 건 어떻게 만들죠?"

이런 부탁은 무척이나 사소하다. 내가 충분히 해줄 수 있는 일이고, 부담 없이 할 수 있는 일이다. 4년 차 직장생활, 5년 차 카페·서점 운영자, 4년 차 공모사업 기획자로 일하며 생긴 능력은 온갖 잡무 해결 능력부터 사무 능력까지 아우른다. 찰나의 시간만 들인다면 해낼 수 있는 일, 손님들의 부탁은 그토록 사소했다.

그런데 점차 무언가 내 마음속의 평정이 무너지는 듯하다. 무언가 잘못되고 있다는 감각이 나를 예민하게 몰아세운다. 시간이 지나니 점차 호혜적인 마음을 바라고 있다. 내가 너의 부탁을 들어주었으니, 너도 내게 무언가를 해줬으면 하고 바란다. 이런 내 마음은 이기적인 걸까? 너무도 계산적인 걸까?

어느 날에는 매장에서 블로그 강의를 열었다. 네이버에서 블로그를 개설하는 방법부터, 블로그의 대문 바꾸기, 포스팅하는 방법, 사진/동영상/인용문을 올리는 방법 등등 알차게 구성된 강의였다. 1:1로 시작된 과외는 커피 한잔하러 들른 손님이 합류하여 2:1로 진행되었다. 마우스로 텍스트를 드래그조차 하지 못하고, 'ctrl+c'와 'ctrl+v' 기능을 모르는 손님이었다. 굉장히 답답하고 속 탔을 것 같지만, 되려 너무 재밌어서 광대가 아플 지경이었다. 강의가 끝난 뒤의 나의 두 볼은 발갛게 열이 올라있었다. 블로그에 사진을 첨부하는 방법을 알려줬을 때 손님들은 두 눈을 동그랗게 뜨며 박수갈채를 보냈다. 텍스트의 복사 붙여넣기 방법을 알려줬을 때 그들은 '세상에 이런 기술이!'라는 표정이었다.

그리고 우리는 함께 대화를 나누었다. 각자가 가진 인생을 공유했다. 주부라는 직업을 가지며 사회로부터 멀어지고 있음을 인정하지 않을 수 없었고, 인간이라는 직업을 갖고 사회의 쓸모가 될 것인가 회의하지 않을 수 없었다. 아픔을 나누고 서로를 다독인다. 두 시간의 강의 이후 두 손님으로부터 같은 말을 들었다.

"소중한 시간을 뺏어서 어떡하죠? 이런 부탁, 정말 미안하고 또 고마워요. 좋은 강의를 들었으니 강의료를 드리고 싶은데."

　손사래를 치며 거절했다. 이미 사례를 받았기 때문이다. 부탁을 들어주었다는 말이 어울리지 않았다. 나는 내가 가진 것을 나눌 수 있다는 것을 깨달았다. 나누면 복이 된다는 그런 상투적인 말을 언어로 이해한 것이 아니라, 온몸으로 체감했다. 그렇기에 부탁을 들어주었기보다, 함께 한 시간이 행복했고 또 배웠다고 말해주고 싶었다.

　물론 손님들의 부탁을 들어주었을 때 모두가 꼭 이들과 같은 건 아니다. 부탁하는 것을 당연하게 여기는 이들도 있다. 나의 시간을 소중하게 여겨주지 않는 이들이 있다. 나의 마음

씀에 어떠한 호혜적 반응이 없는 경우도 있다. 그럴 때는 당연하게도 상처 입는다. 그렇기에 나는 혼란스러워하는 것이다. 내가 너의 부탁을 들어주었으니, 너도 내게 무언가를 해줬으면 하고 바란다. 이런 내 마음은 정말 이기적인 걸까? 진짜 너무도 계산적인 걸까?

저녁에 엄마로부터 전화가 걸려 왔다. "별일 없니?" "별일 없고 늘 똑같지 뭐." "뭐 필요한 건 없어?" "아, 맞다. 육수 내는 다시마랑 멸치가 떨어졌어. 아빠가 이번에 다시마 좀 캐왔다고 했던 것 같은데. 그리고 이번에 굵은 고춧가루랑 참기름은 좀 있어?" "있지. 시금치가 제철인데 안 필요해? 집에 굴비도 많다. 좀 보내주랴?" "응, 아들이 잘 먹어." 이런 내 말에 엄마는 타지 멀리 있는 딸, 사위, 그리고 손자를 떠올린다. 늘 평온하길. 늘 하루가 가득하길.

일을 그만두는
두 청년에게

　주변에 일을 그만두는 청년이 두 명이나 생겼다. 남편과 남동생. 건설 현장에 계약직으로 들어간 남편은 계약만료가 2개월 코앞으로 다가왔다. 드러내는 불안감은 생활 속에서 곳곳 표출되고 있다. 미용실 가는 주기가 길어지기 시작했고, 참다가 마지못해 다녀온 미용실에서는 짧은 스포츠머리를 하고 나온다. 툭하면 먹고 남기고 장난감을 손쉽게 망가뜨리는 아들을 두고 '이게 얼마짜린데'를 중얼거리다가 스스로 화들짝 놀라기도 한다. 일이 없다는 것, 고정 수입이 없다는 것은 그의 일상을 세세하게 계산하게 하며 스스로 궁핍하게 만든다.

　나보다 사회생활 대선배인 남동생은 10년 차 군인이다. 직업 특성상 평택, 진주, 사천, 광주 등으로 이사 다녔는데도 매번 바뀌는 업무환경에 잘 사는가 싶더니, 사건이 발생했다. 퇴근길 1톤 트럭이 뒤에서 들이받는 사고가 발생했다. 다행히 큰 사고는 아니었지만, 영 목이 심상치 않다. 몸 걱정보다 자기에게 주어진 일에 대한 걱정이 더 앞서 다음날 당직이 불가능할 것 같다고 빠르게 알렸지만, 그 누구도 도와주지 않았다. "그래, 갑작스럽게 당직을 맡는다는 게 쉬운 일은 아니지." 아픈 목을 기어코 붙잡고 당직을 섰고, 상처받은 마음도 이내 돌아섰다. 그렇게 그는 10년 경력을 접고 사직서를 제출했다. 막상 사직서를 내고 보니, 한없이 초라했다고. 미처 경험해보지 못한 세상, 앞으로 나아가야 할 세상이 두려운 것이다.

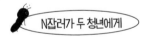 N잡러가 두 청년에게

「저는 92년생 '애매한 인간'입니다. 말 그대로 가진 능력도, 돈도, 경력도, 성격도 뭐든 애매하기만 합니다. 그래서인지 가진 직업도 딱 부러지게 하나로 말할 수 없습니다. 카페 사장이기도 하고, 책방지기이기도 하며, 한 아이를 키우는 엄마이기도 하고, 글을 쓰고 있는 작가, 동네에서 여러 문화프로그램을 기획하는 기획자, 어디서든 요청하면 강연도 뛰는 N잡러입니다.

그러나 저는 더 이상 불안하지 않습니다. 왜냐하면 그 모든 중심에 서 있는 나를 알기 때문이죠. 저는 그 어느 순간이건 치열하게 살아왔습니다. 꿋꿋하게 하루를 버텼습니다. 무너져 내리는 순간에도 삶을 포기하지 않았습니다. 나를 버리지 않았습니다. 그러니 어떤 상황이 닥치더라도 이 또한 이겨낼 수 있다는 것을 압니다. 가진 건 별로 없지만, 내 몸을 자본 삼아 살아갑니다. 왜냐하면, 지금까지 그렇게 살아왔으니까요. 두 청년에게는 자기 자본도 있지만, 무엇보다 프로 N잡러인 저를 곁에 두고 있습니다. 두려워 마세요. 지금 청년에게는 1+1 기회가 있습니다.」

고민을 내놓는 이들을 만날 때마다 나는 그만큼의 무게를 짊어진다. 내 귀로 들어온 고민은 더 이상 그들만의 고민이 아니라 나의 고민이 되기 때문이다. 원하는 답을 줄 수는 없다. 하지만 그들의 위치에서 함께 고민해 보는 것만으로도, 진지하게 나의 고민으로 받아들이는 것만으로도 언젠가 답을 찾을 가능성이 있다. 혼자 고민하는 것보다 같이 고민하는 게 낫다. 고민하다 보면 그 답을 향해 나아가게 된다. 가만히 앉아서 기다리는 게 아니라, 답을 만들어 내기 위해서 움직이게 된다. 그것도 둘이서. 그 고민을 더 많이 나누게 된다면 여럿이서. 그게 사람이란 존재의 의미이고('人'이라는 한자가 서로가 기대어 있는 형태지 않은가), 사랑의 형태이다.

인생 대환장 파티,
본 적 있나요?

격주 한 번 KBS 진주방송국에서 10여 분간 책을 소개한다. 유치원에서 돌아온 아들을 데리고 가곤 하는데, 딱히 맡길 곳이 없기도 하고, 휴대전화만 주면 얌전히 있기 때문이다. 어느 날, 아들은 열이 조금씩 오르고, 콜록콜록 마른 잔기침을 했다. 스튜디오 안으로 들어갈 때면 밖에 두어야 했는데, 아들은 내게서 떨어지고 싶어 하지 않았다. 방송 시간은 다가오고, 설득은 먹히지 않아서 결국 아들의 손가락 하나하나, 두 팔을 힘으로 벌려 떨쳐놓았다. 방음벽을 뚫고 쨍하게 울려오는 아들의 울음소리, 안절부절못하는 방송국 PD와 작가, 불안한 눈빛으로 방송을 이어가는 아나운서, 그 사이에서 입술을 깨물며 떨어지려는 눈물을 어떻게든 우악스럽게 붙잡는다.

방송국을 마치자마자 죄송하다는 말을 연발하며 아이를 둘러업고 도망치듯 나왔다. 서둘러 집으로 가려고 운전대를 잡았는데 이번에는 갑자기 세상 한가운데 던져진 듯 시야가 파괴되었다. 그리고 '쿵!' 소리와 함께 말을 잃었다. 주차된 차를 박아서 다행이라고 생각하는 동시에 하필 고급차량이라고 절망했다. 부들부들 떨리는 손으로 자동차 주인에게 전화하고 보험을 접수한 뒤 집으로 돌아왔다. 방송국에서 집까지 20분의 시간 동안 차 안은 고요했다. 칭얼거리는 아들마저 잠들었다. 빨간 불의 정지신호에 맞춰 아들의 이마를 쓰다듬어 본다. 곧 초록불로 바뀔 신호가 주는 조급함 속에서 아들의 이마를 어루만져 본다.

다음 날 아침이 되자마자 소아과에 갔다. 8시 30분부터 대기해서 10시가 넘어서야 보게 된 진료는 5분 만에 끝났다. 폐렴이라는 진단을 받고서. 3시간 정도 더 대기한 뒤 입원했는데, 입원 수속 과정 중 검진과 혈관 주사는 내 마음속 죄책감을 더했다.

다행히 아들과의 병원 생활은 즐거웠다. 때마다 맞춰 나오는 병원 밥이 내게는 기쁨이었고, 아프다는 핑계로 마음껏 볼 수 있는 TV, 양껏 먹을 수 있는 과자는 아들에게 행복이었다.

이틀 정도 지나니 병원 생활도 익숙해져 밥 먹고, 약 먹고, 진료받고, 조금 돌아다니며 놀다가 보니 저녁이 왔다. 저녁 7시 무렵에는 퇴근한 아빠들이 우르르 몰려왔고, 9시 30분 무렵에는 아빠들이 각자의 집으로 돌아갔다. 내일의 생업을 위하여.

아들의 입원 기간 동안 가게는 굳게 문을 닫았다. 자영업자의 휴가는 이렇게 불시에 찾아오곤 한다.

밀폐된 병동 생활이지만 오후가 되면 머리는 번들거리고, 몸에는 땀과 호르몬 냄새가 올라왔다. 샤워하다가 고개를 들어보니 거미가 보였다. 작지만 다리가 굵다. 남편도 없고, 간호사를 부를 수도 없어서 혼자 잡기로 했다. 자연스럽게 샤워 호스를 들고 물을 뿌렸다. 거미는 흔들거리기만 할 뿐 떨어지지 않았다. 살상력을 높이기 위해 뜨거운 물을 틀었는데, 소방관 두 명과 경찰관, 보안요원, 간호사 대여섯 명이 찾아왔다. 욕실 내 화재감지기가 뜨거운 물을 화재로 감지한 것이다.

온몸에서 식은땀이 나고, 죄송스럽고, 난 왜 이런 엉뚱한 일을 했을까 한탄스럽고, 내 인생은 왜 이렇게 대환장 파티일까 울분이 차오른다. 이미 벌어진 일이기에, 앞으로 조심하자고 다짐할 뿐이다. 소식을 접한 손님이자, 인생의 선배이자 친구는 이렇게 편지를 보내왔다.

"지기님의 이런저런 우당탕탕 사건을 보면 '삶은 … 계란이다'라는 한때 유행했던 말이 생각났어요. 맹물에 담겨있는 달걀은 익지도 않고 변하지도 않지만, 끓는 물에 들어간 달걀은

반숙이든 완숙이든 단단하게 바뀌잖아요. 좀 더 단단해질 거라 생각해요."

당신도 인생의 대환장 파티를 경험해 본 적이 있는가. 어쩌면 나보다 더할지, 덜할지 모르겠지만 각자의 무게로 힘든 것은 똑같을 것이다. 힘겨웠던 한 주, 그렇지만 버겁지만은 않았다. 이것도 인생의 한 페이지라는 걸 알기에. 나는 오늘도 살아간다.

현타가 오면 AAA 배터리
두 개를 꽉 쥐세요

　딸기 케이크를 먹고 싶다는 아들을 위해, 병원에서 보험 서류를 떼고서 빵집에 들렀다. 그래, 퇴원 기념이다. 너무 신이 난 나머지 케이크 상자를 앞뒤로 흔든 아들 덕에 케이크가 찌그러졌지만, 그마저도 사랑스럽다. 부랴부랴 저녁을 먹고 나니 다시 저녁 출근 시간이다. 독서 모임이나 북토크 등의 행사가 있는 날은 저녁 7시부터 9시까지 잠시 문을 여는데, 한 주에 서너 번꼴이니까 거진 매일 나가는 것과 다를 바 없다. "엄마 케이크는 안 먹어?"라고 묻는 아들을 뒤로하고 케이크를 냉장고에 넣지도 못한 채 출근했다.

오전 8시 30분부터 오후 4시 30분까지. 중간에는 잠시 아들을 돌본 뒤, 오후 6시부터 오후 9시까지. 하루의 절반, 10여 시간을 꼬박 이 공간에서 머문다. 오늘은, 참, 마음이 버겁다. 나는 지금 옳은 선택을 한 걸까? 고무장갑을 벗고 보니 배가 축축하게 젖어있다. 오후 9시 10분. 집으로 가야지, 어서.

집으로 향하는 15분, 무념무상과 허무함이 덮치는 현타의 시간이다. 연체되어 있던 월세와 국민연금, 건강보험료를 더 이상 미룰 수 없는 오늘에서야 남편의 도움으로 입금했다. 내 앞에 놓인 여러 장의 독촉장은 내 경제 상황에 대한 성적표다. 연체가산금이 몇 차례나 누적된 내역이 부끄럽고 초라하다. 모든 것을 뒤로하고 출근한 것을 생각하니 현재를 너무도 계산적으로 바라보게 된다. 오늘은 북토크로 총 4만 원의 순수익을 얻었는데, 그것으로 작가님께 드릴 김밥과 선물을 샀다. 아들과의 시간도 잃었는데, 내겐 뭐가 남는 거지? 내가 좋아서 한 일들을 철저히 계산하며, 가치 전환을 일으키는 나 자신이 싫다.

저벅저벅 집으로 들어오니 아들이 다 구겨진 케이크 촛대를 내민다.

"엄마, 생일 파티하자!"

"아무도 생일이 아닌데, 그 누구도 축하할 수 있는 날이 아닌데 무슨 파티?"

"오늘 아빠 생일 아니야. 오늘 엄마 생일 아니야. 오늘 나도 생일 아니야. 오늘 엄마 축하해 주자."

음정 박자 다 틀린 축하 노래, 고사리손의 짝짝거림이 귀에

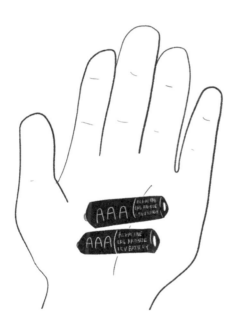

울린다. 수저로 듬뿍 퍼낸 딸기 케이크의 생크림은 혀를 휘감는다. 아, 기쁨만이. 오롯한 행복만이 가득하다. 이 감정의 전환이라니.

어수선한 집을 조금이나마 정리하고 부엌 테이블에 잠시나마 멍하니 앉았다. 감정의 여운이 오래도록 머문다. 그때 아들이 내게 AAA 배터리 두 개를 내 손에 쥐어준다. 어느 날부턴가 아들은 AAA 배터리를 양손에 네 개씩 들고 다녔다. 마음 같아서는 다섯 개도 들고 싶지만, 딱 하나를 더 드는 순간 양손의 배터리 네 개가 우수수 쏟아졌다. 그 뒤로 아들은 더도, 덜도 말고 딱 네 개만 들고 다니기 시작했다. 위험할 것 같아서 숨겨놓으면, 어느새 장난감에서 배터리를 꺼내서 네 개를 딱 맞추었다. 저걸 도대체 왜 들고 다니는 걸까, 의문이었는데 오늘에서야 답을 얻었다. 아들이 두 손에 땀이 나도록 꼭 쥔 배터리 네 개, 그건 아들의 힘의 원동력이었구나. 번개파워맨의 에너지를 두 개나 받다니 과연 놀라운 일이다.

그런 우리를 돌아보는 남편은 픽 웃는다.

"오늘 많이 힘들었지? 지금 운영하는 공간이 뭔가 애증의 관계가 되어버리긴 했지만, 그래도 그 공간 덕분에 딸기 케이크 하나 사 먹잖아. 기운 내."

그래. 그의 말이 맞다. 얻은 건 이리 많은데, 내 손안에 있는 것을 보지 못했다. 자꾸만 한정 없는 보상 심리를 바라니, 괴로움을 스스로 짊어진 것과 진배없다. 이토록 사랑이 주변에 가득한데, 그걸 잠시 잊었구나. 지금 사랑 속에 살고 있구나.
지금 행복한 순간에 머물고 있구나.

나는 계속 이 공간을 유지할
운명이었나 봐요

1판 1쇄 인쇄 2023년 12월 22일
1판 1쇄 발행 2024년 1월 12일

지은이 채도운
펴낸이 김미영
펴낸곳 지베르니

편집 김도현
디자인 이채영

출판등록 2021년 8월 2일
등록번호 제561-2021-000073호
팩스 0508-942-7607
이메일 giverny.1874@gmail.com

ISBN 979-11-975498-4-7 (03810)

나는 계속
이 공간을 유지할
운명이었나 봐요